Gaea

GAEA

零時頻道

Tales of Mystery 7
詭語怪談系列

星子
著

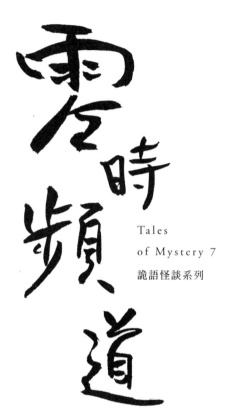

零時頻道

目錄

零時頻道

很多人都有聽廣播的經驗，小時候的我也是廣播愛好者。

廣播有時會有雜訊，需要調整，有些頻道很清晰，有些頻道調來調去就是調不準，老是沙沙沙沙。

假如有一天，大家開啓一個陌生的廣播頻道、聽著聞所未聞的節目裡播放著從未聽過的陌生歌曲，你會有什麼反應？會覺得是地下電台蓋台，還是……

又如果這平空生出的頻道，不但播歌，還播新聞，播放的是不曾發生過的事，且即將發生，你會覺得新奇好玩？還是驚慌害怕？

01 多出來的頻道

電子鐘上的時間顯示為深夜十一點四十九分，小莉疲累地自辦公桌前站起，伸了個懶腰、按摩長時間盯著電腦而僵硬的脖子、掀著領子搧了搧風。

季節雖已近冬，十三樓辦公室裡仍然有些悶熱。

辦公桌上一角那只手提音響小螢幕閃動著螢光，隨著聲音跳動的波形圖像是在跳舞，廣播頻道正播放著最新的流行歌曲。

四周暗沉沉的，整個辦公室只有小莉一人留守加班，她替自己倒了杯咖啡，調高廣播音量，晃動筆桿，在筆記本上塗塗改改，想著設計稿裡的文案，她是這家設計公司的企劃人員。

手上這件案子是急件，是一系列的海報設計，一個禮拜後就要交出，她負責文案及整體創意，畫面構成則由美工宜婷處理。

宜婷今天有事，十點時已經下班，剩她一個留守公司，孤軍奮戰。

「媽的！就不要讓我趕出來，看曹烏龜還有什麼屁可以放。」小莉碎碎罵著。

「曹烏龜」是業務部主管，一張嘴在老闆面前舌燦蓮花，對著下屬開口卻總是貧嘴薄舌、尖酸刻薄。

公司裡的案子都經由曹烏龜的業務部門與客戶接洽，作品完成到一個階段，自然也得經由他審視。說是審視，也不過就是一票人討論時，擺出一副自以為美術總監的模樣，對著企劃、設計部門等交出的提案或是成品大發議論，甚至是揶揄和奚落。

公司裡許多美工、企劃人員一提起曹烏龜，臉上的神情就和暴雨前的烏雲一樣陰沉，偏偏公司裡業務部勢力龐大，憨庸老闆誰的話都聽不進去，就愛聽曹烏龜的話，大夥兒儘管對曹烏龜滿腹怨言，卻也不敢公然和他作對，只能私底下替他取了個「曹烏龜」這樣的綽號。

小莉剛出社會不久，個性直來直往，不顧同事私下提醒，好幾次在會議上不給曹烏龜面子，和他針鋒相對，早已經在曹烏龜黑名單榜上有名。

這次的海報案子，客戶本來要求一個月看企劃、兩個月完稿即可，曹烏龜拍胸脯保證，一週企劃定案、隔週完稿。

這麼艱鉅的任務給誰來做？當然給這個黑名單第二名的企劃小莉，和那黑名單榜上第一名的美工宜婷。

本來工作分配也不是曹烏龜能決定，但公司裡最大是老闆，第二大是老闆心腹，也就是曹烏龜，他點名小莉和宜婷負責這案子。

美工宜婷個性文靜，名列曹烏龜黑名單榜首，卻是因為一個月前曹烏龜企圖邀約宜婷出去吃飯，被宜婷當著眾人的面拒絕，那時曹烏龜笑嘻嘻地自我解嘲，像是沒事一般，實則記恨心裡，宜婷就此成為曹烏龜黑名單排行榜首，之後連續幾次的作品都遭到曹烏龜刁難，有時說顏色不好、有時說構圖不佳、有時說違反市場主流、有時說缺乏藝術涵養。

其他同仁儘管同情宜婷處境，卻也難以幫上什麼忙，只能私下安慰她，要她別跟一隻老烏龜計較。

小莉一想至此，又暗罵幾聲三字經，大口將杯中咖啡喝完，正得意自己在這苛刻的進度要求下，不但沒有落後，甚至超前。若是能在時限內趕完，就可以看那曹烏龜露出惡整不了自己的失望嘴臉了。

十二點整，廣播裡那首歌才播到一半，發出了沙沙雜訊，小莉調了調選擇頻道的控制鈕，那沙沙雜訊卻更大了。

小莉咒罵著，她挺愛這首歌，雜訊卻隨著小莉轉動頻道鈕而更加清晰響亮，甚至蓋過了歌曲。

她正想轉去別台，卻發現目前的頻道和下一個頻道間，多出了以前從沒聽過的轉播聲音。

「蓋台？」小莉覺得奇怪，兩個電台都是她時常聽的，非常清楚這兩台之間，沒有任何廣播頻道存在。

她又調了調頻道控制鈕，這多出來的電台，傳來了悅耳動聽的歌曲。

「這誰唱的？」小莉驚訝著。這首歌她從沒聽過，甚至不知道唱的人是誰，卻極為好聽。

小莉不再轉動頻道，專心聽完整首歌，緊接而來的下一首歌同樣陌生，同樣好聽悅耳。

小莉靠在電腦椅上，隨著旋律搖頭晃腦，打起了節拍，她又提起筆，在筆記本上寫著文案，靈感竟源源不絕，寫出了好幾個她以前絞盡腦汁也想不出來的絕佳文案。

廣播裡連播了幾首歌和幾首音樂曲子，小莉很快完成了今天預定的工作，看了看時間，還不到一點，本來她已做了在公司通宵的心理準備。

「哈哈！」對於提前完成預定工作，小莉有些得意，將幾張文案和海報靈感設計收拾一番，準備下班回家，伸手要關廣播。

「本台氣象預告插播，明日上午十點十三分二十六秒，台北市信義路三段會降下冰雹，請各位聽友做好準備，那段時間請躲在室內，千萬不要外出，以免受傷。」

「啥！」小莉先是愣了三秒，啞然失笑：「冰雹？幾點幾分幾秒？」

廣播中連續將這段訊息播放了三次，小莉也聽得清楚，明日十點十三分二十六秒，信義路三段會下冰雹。

「信義路三段，那不是我們公司附近？這是整人節目？」小莉隨手關上廣播，心裡覺得有點可笑，她從來沒聽說氣象預報可以將颳風下雨放晴等等天氣變化，精準預報到幾點幾分幾秒，在某某路幾段發生。

小莉聳聳肩，只當剛剛聽見的預報，或許是某個節目裡的搞笑單元。她沒有收拾好座位，關燈返家。

她回到租屋處，洗了個熱水澡，仍然對於自己能提前完成工作感到得意不已，她心中盤算著，這次海報案子的客戶可是個大客戶，要是一系列商品海報能夠產生巨大效果，或是引起話題，自己和宜婷可能要鹹魚翻身，企劃部門剛走了個主管，那位子現在還是個空缺，要是自己能就此升格，即便無法和那曹烏龜平起平坐，至少不會像現在這樣，被他吃得死死的了。

小莉嘻嘻笑著，將沐浴乳擠上洗澡海綿，洗刷身體，心中想著一些狠毒的話，準備在將來有機會和曹烏龜大戰時用。

洗完了澡，小莉開冰箱拿了罐啤酒，打開電視亂轉，突然想到什麼，在幾個新聞台間轉了轉，沒有一台報導關於明天會下冰雹的消息。

小莉大口喝著啤酒，哼了一聲，轉去她最愛的洋片台。

02 預言成眞

翌日上午，一樓電梯裡人擠人，大都是分屬這棟商業大樓不同樓層的上班員工，此時時間接近九點，大家臉上都帶著尷尬笑意，這批電梯裡載著的自然都是快要遲到的上班族。

「等等！等等！」小莉扯著嗓子喊，一面隨手梳理頭髮往電梯奔，電梯門幾乎關上，裡頭也沒人願意按下開門鈕，大家只想趕緊上樓，在最後一刻打卡。

小莉腿長跑得快，在電梯門關上同時，伸手按著了上樓鍵，這使得已經關上的電梯門，又緩緩打開。

「快遲到了！」小莉感到電梯裡頭的人對已經要往上的電梯，又強迫停下而發出的那股不耐目光，只能尷尬訕笑兩聲，按下十三樓。

昨夜那部洋片精彩，小莉喝了三罐啤酒，終於在三點將整部電影看完，也因此睡過了頭，連向來在意的頭髮都來不及整理，急忙忙趕著出門，想搶在九點前打卡。

本來這家設計公司並沒有打卡制度，這是因爲設計工作大都是責任制，有時會因爲趕案子而不定時加班，但曹烏龜主動提議打卡，理由是能夠增加員工效率。

老闆接受了這提議，公司裡一票朝九晚五的業務無關痛癢，但另一批要熬夜趕件的美工便因此恨得跳腳，私底下還做了小紙人，學香港電影裡用拖鞋打，打那曹烏龜小人頭、打那曹烏龜小人腳。小莉打壞了一雙拖鞋，還用列印機印出曹烏龜大頭照的小紙人圖，分送各組去打。

一想至此，小莉更是咬牙切齒，心想待會要是遲到，讓曹烏龜或是企劃小組長蕙姊見了，一定又要大大刁難一番。

這蕙姊同樣是企劃部裡的資深企劃，個性也算積極，原本那主管走了，蕙姊企圖明顯，想要更上一層樓，本來律人律己皆嚴的性格更是變本加厲，不但自己嚴守紀律，對同小組裡幾個成員一樣嚴格。

小莉呼了口氣，電梯不停往上，隨著樓層上升，電梯裡的人也漸漸變少。

終於，到了十三樓，門才剛開，小莉已經衝了出去，進了公司，打卡機刷出來的時間是九點六分，還是遲到了。

小組會議時，小莉的這次遲到，也成爲蕙姊鞭策組員時的重點內容——「六分鐘雖然不算什麼，但代表了一個人對於工作專注上的不足，及對自己要求上的不足，有可能拖垮整個團隊的競爭力和士氣。」

小莉垮著臉聽訓，忍不住咕噥幾句，更激起了蕙姊的好戰性格，將小莉本來的小遲到，引申至「做人處事的正確方向」，以及「下屬如何應對上司才是正確態度」上。

這小組會議足足開了一小時，直到蕙姊覺得喉乾嘴瘆、宣布散會，大夥這才眼冒金星地各自解散。

小莉回到自己座位，一旁的宜婷戴著口罩，病懨懨地盯著螢幕上繪圖軟體發愣。

「咦，宜婷妳感冒了？」小莉隨口問著，宜婷點了點頭，一雙眼睛紅腫腫的。

「有看醫生嗎？」小莉問。

宜婷搖搖頭。

「怎麼不叫妳男朋友帶妳看醫生？」小莉開啓電腦，將昨晚完成的企劃書從包包拿出。

宜婷眼眶更紅，哽咽說：「我們分手了。」

原來昨夜宜婷提早離去，是因爲接到男友電話，兩人深談一夜，決定分手。一夜煎熬，宜婷也生了病。

小莉拍了拍宜婷肩膀，安慰了幾句，不知怎地，她心中卻多了一絲絲的幸災樂禍，或許她自覺得條件勝過宜婷許多，卻因爲大剌剌的硬直個性，總是沒有太多男人緣。

相反地，宜婷的文弱性格頗得男人喜愛，小莉每次聽宜婷提及和男友相處時的點滴，表面上雖然陪笑閒聊，心裡總是有些不是滋味，此時看宜婷可憐模樣，反而心生同情，更多了一份站在同一陣線的感覺。

小莉開了抽屜，翻出半盒感冒膠囊遞給宜婷。「我這邊有幾顆感冒藥妳先吃，中午休息我帶妳去看醫生，不看醫生不行哪！」

宜婷感謝接下。

「給妳看看我昨天的成果！」小莉翻著筆記本，拿出一張張昨晚完成的文案，頗為得意，宜婷邊吃藥喝水邊看著，對於這批文案也十分喜歡，兩人嘰哩咕嚕討論起海報上的設計方向、該放些什麼圖案之類。

「別只顧著聊天！」曹烏龜經過小莉座位，提高分貝，賊嘻嘻地說：「這案子很趕呢！」

曹烏龜的話引起蕙姊注意，也往小莉座位看來。

小莉大聲回應：「我們在討論工作上的事，你也要來討論嗎？」

曹烏龜聳聳肩，笑著走了。小莉做了個鬼臉，在曹烏龜背後豎起中指。

一陣騷動，辦公室的人喧譁起來，小莉和宜婷正覺得奇怪，座位靠窗子的同事都高聲叫著。

大夥湊近窗子，望向窗外，小莉也擠上去湊熱鬧，幾乎不敢相信自己的眼睛。

窗外本來晴朗的天空，此時陰沉沉一片，天上那烏雲濃得像是城牆一般，一顆顆冰雹像雨一樣降下。

「誰的車停在下面？窗戶都被打破了！」「唉呀，是曹主管的車哪！」「好大顆的冰雹！」

冰雹下得十分猛烈，只聽見外頭傳來一陣陣霹哩啪啦的聲響，車子紛紛停下，有些窗戶都給打破了，街上的行人紛紛尖叫躲避，有些人讓較大顆的冰雹砸傷，在其他人的攙扶下躲進了道路兩旁的騎樓。

大夥持續騷動著，有些人見曹烏龜的車給砸得慘烈，都暗暗竊笑。小莉卻笑不出來，反倒覺得全身發冷，她想起了昨夜那奇異頻道，看了看錶，錶上指針和昨夜預言中的十點十三分二十六秒幾乎一致。

她將臉靠近窗子，看向更遠的地方，發現敦化南路、光復南路一帶，卻都是放晴，天上好大片烏雲全積在信義路三段上方。

也和昨夜神祕頻道中的氣象預報如出一轍。

這冰雹只下了不到三分鐘便漸漸停了，那濃厚烏雲也隨之散去，大家在各部門主管催促之下，都返回了座位，討論卻持續著。

曹烏龜臉色難看，踏著小碎步趕下樓去探望他那輛讓冰雹砸破了窗的愛車。

小莉在座位上發愣半晌，仍覺得難以置信，她順手開了廣播，調來調去，就是找不到昨夜那神祕頻道，同時也在各個廣播電台的插播新聞中聽到這起事件，大都是以突發事件處理，顯示事先完全沒有預測出今天會降下冰雹。

小莉百思不得其解，望著宜婷。「妳在家裡有聽廣播嗎？」

宜婷搖搖頭。「我都聽ＣＤ，沒有聽廣播呢。」

小莉聳聳肩，每個人習慣不同。

到了下午，工作持續進行著，吃了藥的宜婷身體已經好轉，正忙著設計圖稿，小莉則在網路上幫忙找著海報製作所需要的圖片素材，本來設計公司中都會有大量圖稿素材光碟，但是針對特殊需求，也必須向素材公司購買單張圖檔。

小莉為了求好，翻著一本本素材目錄，同時也上了一家知名素材公司網站找著，希望能夠找出最符合這一個案子所需要的圖檔素材。

一邊找著，小莉也和宜婷閒話家常，提起了今早遲到被削，心裡還是一陣不服，向宜婷抱怨：「媽的，昨天我加班到三更半夜，今天遲到六分鐘，就被說會拖累團隊競爭力！」

宜婷苦笑，咳了兩聲。

「蕙姊她想升職，也不用拖我們這些小嘍囉下水，一將功成萬骨枯就是了！」小莉個性衝動，一埋怨起來也忘了自己身在公司，聲音從和宜婷小聲談論，變成了正常音量。

「妳看這個顏色好嗎？」宜婷大聲回應，打斷了小莉的抱怨，一把拉著她往自己的電腦螢幕靠來。

小莉讓宜婷這舉動嚇了一跳，本來看著螢幕中的圖檔，正覺得這圖只做了一部分，根本看不出來好不好時，卻從螢幕暗處反光上，看見了蕙姊正側身站在座位後方，與其他同仁談話。

宜婷這舉動，自然是想阻止她繼續說下去。

小莉吐了吐舌頭，拍了拍宜婷的手：「這顏色不錯……」

蕙姊的模樣似乎沒有聽見，但小莉知道，蕙姊的位置離自己座位不遠，剛剛這番抱怨，必定全讓蕙姊聽得一清二楚。蕙姊表面上不作聲，但之後的復仇行動，比起恐怖電影裡那會從棉被探頭出來的女鬼，可絲毫不遜色。

果不其然，三小時後小莉在茶水間喝著咖啡，臨時被通知企劃小組又要開檢討會。等小組成員就定位後，蕙姊分發了一份報表，小莉一看差點沒昏倒，報表上面列舉了蕙姊這組每個成員的工作情形，凡是遲到、休息時間過長、閒話家常太多、跑廁所次數頻繁等等事項，全都一一記錄在這張報表上頭。

而光是小莉一個人的項目數，在小組成員裡頭佔的比例，就高達三分之一。

蕙姊開始逐條點名，也不特別針對小莉，而是以組長的身分，一一要大家解釋這些被視爲不夠認眞的事項。

小莉只覺得自己像是給扔進了地獄油鍋，炸了一圈撈起來瀝乾回鍋再炸一樣。她根本不記得表上所列舉的事項中當時的情形，只知道自己累了就歇歇，想到什麼有趣話題就和同事聊聊，哪知道全被記錄了下來，她本來漲紅了臉，解釋逐條情形，後來索性全都說「以後會改進」、「下次不敢了」之類的話。

後半段的會議內容，全部集中在如何提高工作效能，創造最大生產力上面，蕙姊不忘補充：「這不是爲了我一個人，而是爲了整個團隊，爲了大家的共同利益著想。」

這些話聽在小莉耳裡，自然心知肚明，蕙姊意圖表示自己不是爲了主管位子才如此苛求，但特地解釋，卻更顯得此地無銀三百兩。

會議結束，成員們一個個遊魂似地飄出小會議室，大家不知該說什麼，也不想說什麼，各自又回到座位。

蕙姊不忘拍拍小莉肩頭，對她說：「妳那份案子很重要，如果白天趕不完的話，希望妳犧牲一下晚間時間，替公司趕一下。」

「我這陣子都是這樣呀……」小莉無奈嘟囔。

到了下班時間，許多同仁仍然堅守工作崗位，而隨著時間流逝，加班的同仁也一個一個離去。

蕙姊在八點左右，接了男友打來的電話，本來尖銳強硬的語調，頓時顯得嬌羞柔嫩，像變了個人似的，細聲講了一會，掛上電話，咳個兩聲，聲音又恢復成女強人語調，收拾了東西，也下了班，還不忘強調：「我的工作在下班前都做好了，犧牲了兩個鐘頭陪伴大家，希望大家繼續努力，把自己應盡的責任做好，別忘了設計工作是責任制。」

小莉看著蕙姊離開公司，靜待了五分鐘，確定她眞的走了，這才又抱怨起來：「天哪，上班要打卡，下班就是責任制，有沒有搞錯，這是哪一國的制度？」

宜婷苦笑點頭附和，繼續修圖。

又過了兩個小時，到了十點，公司裡只剩下不到五個人，宜婷臉色有些蒼白，本來便不多話的她，八點之後更是一句話都不說了。

小莉喝著咖啡，這才想起宜婷還感冒著，自己早忘了說要帶她去看醫生的事，便起身來到宜婷身旁，摸了摸她額頭，驚覺宜婷額頭燥熱。「啊呀！好燙！妳發燒了！」

小莉連忙倒了杯水給宜婷，宜婷恍神接過，喝了兩口便不喝了。

「妳先回去休息好了！」小莉關切地說。

宜婷不安地說：「但是，圖還沒做完……」

小莉苦笑：「別鬧了，生病要去看醫生，打針吃藥好好睡一覺，這兩天我還可以幫妳蒐集資料，妳也可以畫畫草稿，等妳病好了再趕也不急，要是妳現在死撐，病情加重，到了緊要關頭爬不起來，那時候才真的糟糕，我可要哭了！」

宜婷想想也對，再三道了歉，這才搖搖晃晃離開了公司。小莉陪著宜婷下樓，陪她叫了車，順便上便利商店買了些食物，準備今天挑燈夜戰。

帶著暖呼呼的粥上樓，小莉想到蕙姊那副模樣，不禁又氣了起來，只覺得那女人的可惡程度不輸給曹烏龜，自己或許該印些新的小紙人了。

回到公司，加班的同仁更少了，小莉吃著粥，繼續蒐集案子所需要的資料，將覺得不錯的圖片記下，準備和宜婷討論要用哪張。

很快又到了午夜，小莉伸了個懶腰，起身要上廁所，這才發覺公司又只剩下她一人了，咕噥了幾句，不明白爲什麼自己這樣拚死拚活地賣命，在蕙姊眼裡卻是屬於偷懶一派的員工，想了許久，這才想起同組員工大都在蕙姊下班之後的半個鐘頭內全散光了，而自己加班到半夜的情形，自然也沒幾個人知道。

「嘿嘿，就不要讓我當上主管，你們這些傢伙！」小莉坐在馬桶上，抽著滾筒衛生紙，氣呼呼埋怨著。

重新回到座位，小莉看著設計稿，只覺得腦中一片空白，一點靈感也沒有，盯著螢幕幾個小時下來，眼睛早已酸澀不已，她不禁有些佩服宜婷，宜婷是美工，盯著螢幕的時間比她更長上許多。

揉了揉肩頸，小莉發起呆來，心想要是這時有個男友替她捶捶背、捏捏脖子，那該有多好。

同時小莉也覺得四周似乎少了什麼，卻又想不起來少了什麼。

四周靜得出奇，少了廣播。

小莉愣了幾分鐘，這才察覺上廁所前廣播節目還播著歌，現在突然沒了聲音。小莉覺得奇怪，伸手調了調頻道，音響喇叭發出一陣沙沙聲，好幾個頻道都模糊不清，調著調著，一陣音樂清晰揚起，小莉愣了愣，看著那頻道數字。

是昨夜那神祕頻道。

又看了看時間，十二點五分。

小莉吸了口氣，覺得有些詭異，她在椅上縮起身子，抱著膝蓋聽著，頻道仍播放著音樂。不知名的曲子似乎帶著魔力，悠揚好聽，小莉漸漸陶醉，心中也不怎麼害怕了。同時，腦海裡一則一則的文案隨著音樂油然而生，都是她絞盡腦汁也想不出來的好點子，小莉連忙提筆記下，一邊覺得奇怪，這麼好的電台，這麼好聽的音樂，怎麼會沒沒無聞？

時間過得快，在悅耳音樂陪伴下，似乎也不會累，不知不覺就已經過了一個小時，小莉整理了筆記和電腦裡那些從網路上蒐集而來的資料，想下班了。

廣播仍播放著，就在小莉準備起身收拾桌面時，音樂突然停了，是新聞插播。

「本台新聞插播，十五日上午八點十三分三十七秒，台北市信義路三段發生一起車禍，一名年約三十五歲的王欣蕙小姐，在上班途中行經行人穿越道時，遭到一台白色自用小轎車撞倒，送往醫院急救，傷勢不明。」

小莉瞪大了眼，張著口，呆立桌前，那新聞和昨天一樣，又重複了兩次，只聽見播報新聞的女聲柔順好聽，但內容卻令人咋舌。

「十五號？」小莉驚訝著，看著電腦桌面上的小時鐘，過了十二點後，日期已經顯示十五號，新聞中所謂的十五號八點，便是離現在約莫七個鐘頭之後的早上。

「不會吧……」小莉感到有些害怕，趕緊關上音響，簡單收拾一下便回家了。她返家後洗了個澡，也沒再打開電視，而是撲上床，拉著被子裹住全身，回想著剛才那神祕頻道中的「插播新聞」。

小莉漸漸睏了，接連加班累積的疲憊一下子湧了出來。恍惚之間，小莉夢見了蕙姊，有些畫面是蕙姊四分五裂的身子，地上是一灘一灘腥紅發黑的血；有些畫面是蕙姊手扠著腰，揮著一疊一疊的企劃書，正訓斥著她。

畫面一幕一幕交錯，不時跳躍著。

03 阿哲

小莉走在路上，打著哈欠。

接近清晨時她醒了過來，翻來覆去再也睡不著，夢境中蕙姊的樣貌還記得深刻，小莉就這麼熬到了早上，瞪著時鐘，總算心不甘情不願地起床上班。

街上的風大，小莉走著走著，一輛白色轎車在路邊停下，小莉清楚瞧見，蕙姊正和裡頭的男駕駛嘻笑玩耍，神情一點也不像是辦公室裡的女戰神。

小莉翻了翻眼，陡然又想起了昨夜那神祕頻道的「插播新聞」。

前一天冰雹預言準確地發生，今天的車禍預言，也會一樣準確嗎？

一想至此，小莉覺得手心都發出了汗，看了看錶，離預言中的「十三分三十七秒」，只剩下不到五分鐘。

小莉一步一步走著，蕙姊男友的車就停在她眼前，她該上前提醒蕙姊留心路況，還是當作什麼也沒發生？

一想起蕙姊平日責難她的嘴臉，小莉心中只有嫌惡，何必提醒呢？

蕙姊下了車，臉上桃李滿春風，笑得和花一樣燦爛，不停親吻著手心，將手心上的唇印朝男友拋。

小莉離蕙姊只有幾步，望著蕙姊此時模樣，心中的嫌惡消散些許，只覺得工作外的蕙姊，或許挺有趣的。

小莉大步一跨，就要上前提醒蕙姊，前頭馬路可如虎口。

蕙姊目送男友轎車駛離，轉身見到小莉，彷彿施展川劇神技「變臉」般，立時換了張臉。

「是妳啊，昨天妳進度怎樣？」蕙姊冷笑問：「我走後妳有沒有偷跑？」

「……」小莉已伸出手，指向馬路那頭，聽蕙姊這麼說，喉間便像梗了根魚刺，提醒的話如何也說不出口。

「昨天檢討會妳都忘了？好不容易有個重要案子，妳可別搞砸了，那關係到一整個團隊的成績。」蕙姊哼了一聲。「待會上去別亂說話，我最討厭人家在我背後說三道四。」

蕙姊平日女強人裝慣了，突然讓人撞見她和男友調情模樣，惱羞成怒，隨口便劈了小莉幾句，說完掉頭就走。

「我到今天凌晨才回家……」小莉望著蕙姊大步離去的樣子，總算喃喃吐出了這句話，心中的憤恨火似地燃了起來，昨晚夢中蕙姊訓斥她的景象又浮現出來，和眞實中的蕙姊嘴臉相疊，更加可惡了三分。

她注意到前頭紅綠燈號忽閃忽滅，似乎壞了，斑馬線上行人稀稀疏疏，蕙姊匆忙地走，也不理那號誌燈號和左右兩邊的來車。

小莉木樁似地站著，著了魔一般，腳一動也不動，只是看著左右。

會是哪一輛？

「這台？」小莉喃喃唸著，一輛紅色跑車快速駛來，駛過蕙姊身後，快得將蕙姊的頭髮都吹亂了，蕙姊正訝異著，這才注意到號誌燈故障。

「是白色的……」小莉喃喃自語，她見到了右方一台小轎車從彎道轉來，是白色的。

小莉猛地一驚，預言中的小轎車似乎出現了。

「三十四……三十五……」小莉低頭看錶，恍惚讀著秒：「三十六……」

磅！

好大一聲響，小莉陡然回神，蕙姊像是脫線風箏一樣，彈出了老遠，那白色小轎車原地打了個轉，還讓後頭駛來的車子又撞了一下。

小莉深深吸了口氣，僵在原地，行人圍了上去，有些撥起電話，附近幾棟大樓的管理員也趕了出來，手忙腳亂幫忙叫救護車。

小莉全身發抖，瞪大眼睛直直往前走，經過蕙姊著地處，隱約瞥見身旁眾人圍著急救，柏油地面上，蕙姊那雙腿不停抽搐。

過了馬路，不知怎地，小莉有種作賊心虛的感覺，她不敢進公司，覺得像是自己害蕙姊被車撞，至少，她沒有提醒蕙姊。

她轉去一家咖啡廳，茫然地喝完一杯咖啡，好不容易平復情緒，拿出鏡子補妝，鏡子裡的她臉色蒼白如紙，嘴唇一點血色也無。

她終於進入公司，看看打卡鐘上的時間，九點四十五分，她嚴重遲到，卻聽不見蕙姊的斥責聲。

公司沸揚吵雜，全都在討論方才蕙姊那場車禍。

小莉平復的情緒登時又緊張起來，遊魂似地來到座位，一旁宜婷的位置空蕩蕩的。

「妳知道嗎，蕙姊出車禍了！」同一企劃小組的阿國經過小莉桌前，大力拍了拍她的肩。

小莉陡然一驚，像是給人揭穿了什麼，只能佯裝驚訝。「什麼！車禍？蕙姊有受傷嗎？」

阿國做了個鬼臉，說：「剛剛同事下去幫忙，蕙姊腳骨折了，大概要休息一段時間才能上班吧。」

阿國這麼說時，臉上沒有擔心或是著急難過的神情。「本來蕙姊一直唉唉叫，見到我們下去，馬上故意裝鎮定，還催我們案子進度，眞是女強人！太強太強了……哈哈！」

小莉看著阿國吹著口哨離開，心中大石似乎沒那麼沉重了，蕙姊傷勢沒有她以爲的那麼嚴重，只是骨折而已。

她本來的不安惶恐，此時反倒漸漸轉爲竊喜，畢竟接下來好一段日子，都不會有蕙姊那雷射槍似的凌厲眼神，無時無刻掃射著大家。

同個企劃組的幾個同事嘴上雖然沒說什麼，但互相交換的眼神中卻都流露出對於蕙姊車禍的感想——撞得好！

小莉突然覺得，曹烏龜也沒那麼可憎了，畢竟不同部門，再可惡也就是嘴巴賤一點，比起蕙姊給的壓力而言，曹烏龜算是個討厭的人，蕙姊卻像是個大魔王一樣，尤其在企劃主管這位子空缺之後。

電話響起，是宜婷打來的，宜婷請了病假，在家休養，電話中宜婷向小莉道歉，且保證會在床上畫些草圖，之後也會把進度補回來，小莉則低聲笑著，將蕙姊車禍這則「喜訊」，告訴了宜婷。

這日過得悠閒，曹烏龜也出差去了，外頭是晴朗天空，公司裡氣氛融洽，大家不時閒聊，講講笑話，或是互相交流一下最近看了什麼成人影片之類的瑣事。

少了蕙姊盯梢，又少了曹烏龜賤嘴，小莉這才發現，上班也能夠這麼愜意愉快。

接近下班時，大夥紛紛收拾東西，聊著待會要去哪兒吃飯。小莉整理了資料，心想資料已經齊全，設想好的文案也很豐富，只等宜婷來就可以動工，而今天自然也不必加班了。

步出公司，天空還是亮的，雖然街上車水馬龍，十分吵雜，小莉卻覺得開心，她好久沒有在天還亮著的時候下班了。

爲了慶祝接下來一至兩週的「沒有蕙姊的辦公室生活」，小莉特地買了啤酒和豐富小菜，又去租了幾部電影，要好好慶祝一番。

回到家中，小莉一連看了兩部電影，喝了三罐啤酒，吃了一堆小菜。

她滿足地洗了個澡，擦乾身體，光溜溜躺在床上看著時鐘，時間是十一點五十幾分，不由得哈哈笑了起來，平時這個時間，她還在公司忙著，現在已經在家中床上準備睡覺了。

更快樂的是，今天是週五，明天就輪到了隔週休的雙休日，接連兩天假期。

小莉哼起歌，微醺之下打開音響，今天這個時段有她愛聽的節目。

廣播節目傳來的是沙沙聲。

一聽到這沙沙聲，小莉的酒意消散許多，自床上坐起，愣愣看著音響。

沙沙聲之後，又是那神祕頻道的美妙音樂聲。

她有些害怕，用柔軟的棉被將自己裹了起來，本來這神祕頻道在兩個常聽的頻道之間，此時，竟直接蓋掉其中一個頻道，取而代之。

儘管離奇，但不知怎地，小莉只要一聽見那頻道播送的音樂，本來的害怕便會蕩然全無，情緒也隨著音樂起伏。

這時的音樂輕快愉悅，飛揚跳脫，小莉坐在床邊，隨著音樂哼了起來。

不知過了多久，窗外的陽光灑了進來，小莉這才睜開了眼，坐了起來，揉著眼睛。

已經是早上，音響仍播放著廣播，卻不是那神祕頻道，小莉打著哈欠調整找著，那神祕頻道已經消失，而其他頻道則又回來了。

小莉關了音響、穿上衣服，外出吃了頓豐盛早餐，悠閒過著這假日。

在電視機前看了三部電影，一直到了黃昏，小莉這才覺得有些無聊，看著窗外天色，雖然都市中，夕陽還是十分漂亮，要是此時有個男友陪伴，在夕陽下擁吻，一同共進晚餐，那該有多好。

小莉有些悵然若失，她不是沒談過戀愛，相反地，自國中之後，由於生來高眺漂亮，大小桃花一朵接一朵開，然而出了社會之後，由於個性上的憨直，加上脾氣和度量都不是很好，再加上忙碌的工作，距離上一次戀愛，已經是一年多前的事了。

想想一年多前，正是她進這家設計公司的時間，那時她滿懷熱血，在公司殺進殺出，每日加班趕件，男友漸漸疏遠，她也沒察覺出，直到三個月後，在和男友同居的租屋處發現了其他女性的內衣褲，再三拷問之下，這才知道原來男友竟趁她加班之際，帶其他女生回家親熱。

性格暴烈的小莉當下收拾行李離開，當晚便找著現在這住處，說大不大，一房一廳，一個人也夠住了。

想著想著，總是想到些不愉快的往事，小莉無奈之餘，早早熄燈入睡，不知怎地，半夢半醒間覺得渾身不對勁，越來越不舒服。

她悶哼幾聲，坐起身來，摸摸胸口，發現出了一身汗，只覺得奇怪，天氣並不很熱，怎麼會流汗？

她開燈進浴室沖了個澡，回到床邊仍覺得煩悶不已，本來應當輕鬆愉快的假日，為何如此焦慮不安？

她坐在床沿細想，生活似乎太枯燥了些，她渾渾噩噩過了這天，自然也會渾渾噩噩度過明天，好好一個連續假日就這樣消失，接下來又是如打仗一般的忙碌工作，一想到就令人反胃。

她看看時鐘，十二點半，她開了音響，主動尋找那神祕頻道，想藉由那美妙樂曲來驅走心中的煩悶。

神祕頻道果然正播著音樂，她躺上床，閉目聽著音樂，心想明天可要過得充實些，至少外出走走，看看風景也好。

「本台消息，十七日下午三點十八分二十七秒，木柵動物園兩隻猴子上演格鬥秀，兩隻猴子拿水果互砸，拿香蕉當寶劍互鬥，經遊客通報，園內管理人員費了好大一番工夫才將兩隻猴子隔開，其中一隻腿部受了輕傷，經過治療，目前已無大礙……」

「……」小莉聽著這則插播新聞，哭笑不得，心想明天就去動物園好了，看看猴子拿香蕉鬥劍也挺有趣。

神祕電台的動人音樂繼續播著，小莉舒服地墜入夢鄉，先前那鬱悶難受全都消失了，她睡得極為香甜，還作著美夢，似乎在夢中都能聽見那神祕電台的動人音樂。

小莉翌日起了個大早，簡略打扮一番，上便利商店買了些零食飲料，按照預定計畫搭乘捷運前往動物園，途中還撥了電話跟宜婷閒聊，宜婷病情已經好轉許多，星期一就能正常上班。

小莉步出捷運，外頭陽光明亮，她覺得心情愉悅許多，至少比悶在家裡看影片看到晚上，莫名混過一天要來得舒暢充實。

她在動物園旁的小商圈大吃一頓，想起自己上一次來動物園已是國小時的事了，經過十年，動物園也改變許多，至少從前動物園附近沒有麥當勞，也沒有現在這新穎漂亮的小商圈。

她買了門票入園，遊晃半晌，覺得動物園也改變不少，多了許多以前沒有的動物，什麼企鵝、無尾熊，小莉過去只在新聞報導中得知木柵動物園新增這些動物，直到今天才親眼見到。

下午三點，小莉來到猴區，一邊吃著動物園裡販賣的昂貴熱狗，一邊備妥相機，等待神祕頻道裡預言的猴子鬥劍。

時間一分一秒過去，小莉吃完熱狗，看著錶，指針已經來到三點十六分，距離預報中的三點十八分只剩兩分多鐘。

小莉凝神等待，心想要是捕捉到了精彩畫面，可要傳上網路獻寶一番。

「啊呀！」她突然被人從背後撞了一下，數位相機自手中掉落，摔到地上。

小莉連忙俯身去撿那昂貴相機，粗話已經脫口而出：「操，是誰？」

「對不起！」年輕男子連連道歉，年紀和小莉相仿，長相十分英俊，身型也高大挺拔，穿著倒是十分休閒。

「我的相機不會動了！」小莉檢視著相機，一邊打量著這英俊男子，心中怒氣一下子減了三分。

「眞對不起，我幫妳看看。」男子尷尬笑著伸出手來，小莉將相機遞去。

男子接過相機，熟練檢視著，一邊說：「我檢查看看，如果摔壞的話……啊，眞的壞了……」他苦笑指著相機鏡頭，上頭出現了碎裂的痕跡。「呃，我賠妳一台新的……」

小莉瞧著那男子粗濃眉毛和漂亮大眼，語氣和藹許多，問：「什麼時候？」

「我叔叔開攝影器材行，在台北市博愛路上，妳急著用相機嗎？我可以……」男子說到一半，突然愣住。

「怎麼了？」小莉問。

「哈哈，妳看！」男子一臉詫異指向猴區。

小莉轉頭看去，果眞見到兩隻猴子手裡都拿著香蕉，鬥起劍來，距離遠了，便撿地上的果子石塊互砸；距離近了，就張口互咬。

「你剛剛還沒說完啊。」小莉只看了幾眼，轉頭去看那男子。

男子歉然笑說：「啊，我說我的車停在外面，如果妳急著用相機的話，我載妳去我叔叔的店，賠妳一台全新的相機。」

小莉點點頭，微笑說：「是沒有很急啦，不過……還是去吧！」

此時小莉已經對猴子打架的戲碼完全沒有興趣，反倒是對眼前年輕男子較感興趣。

兩猴纏鬥了一會兒，便在接到通知的管理員圍捕下給抓了起來，其中一隻腿部受了咬傷，也和神祕電台預報一致。

男子的車停在動物園停車場裡，小莉上車，隨口道：「哎，這車不錯耶！」

「車是我叔叔的，我借來開。我叫袁孝哲，叫我阿哲就行了。」阿哲說：「我剛從美國留學回來，準備工作啦。」

兩人有一搭沒一搭地聊著，到了台北那條著名的攝影器材街，阿哲賠了小莉一台同價位的全新相機，還請她吃了頓晚餐。

傍晚阿哲還有其他的事，反倒是小莉捨不得分別了，找了個藉口，說：「如果這相機還有問題，我要怎麼聯絡你呀？」

「妳拿到我叔叔店裡就行啦。」

「但是這台相機是你賠我的，你要負責呀，找你叔叔的話，他可能……」

阿哲在捷運站外停下車，哈哈笑著說：「放心，他記性很好，他認得妳的，我會跟他講，如果妳拿這一台相機去找他，他會免費幫妳維修到好！」

小莉莫可奈何，只好下車，臨走前還不忘說：「好啦，知道你要去和女友約會了，不煩你了啦。」

「路上小心。」阿哲聳聳肩，禮貌道別後駕車離去。

「唉——」小莉若有所失，嘆了口氣，心裡想想也是，人家撞壞了她的相機，卻也賠了一台新的，還請她吃了頓飯，不管如何，已經仁至義盡了，就算有多麼不捨，也是自己自作多情罷了。

「不管囉，反正也不吃虧，帥男人滿街都是，也不差他一個。」小莉捧著新相機，走進捷運車廂。

列車駛動，經過小莉公司所在的大安站，抵達她租屋處附近的科技大樓站。

「又過了一天。」小莉無神返家，坐在沙發上發著愣，左顧右盼，總覺得有些寂寥，似乎少了些什麼。

她看完幾部影片，心不甘情不願地準備睡覺，一想到明天必須返回工作崗位，不免又有些煩悶。

「明天會發生什麼事呢？」小莉躺在床上，又想起那神祕電台。

電台播放著音樂，音樂持續好一陣，小莉昏昏欲睡，卻死撐著，希望能等到插播新聞，知道明天會發生些什麼趣事。

「又到了Call-in時段，大家希望見到什麼？希望發生什麼？都歡迎您告訴零時頻道。」

突如其來的人聲將本來已經要進入夢鄉的小莉重新喚醒，小莉翻了個身，摟著抱枕聽著，似乎和前幾次不太一樣，這不是新聞插播，卻是Call-in節目？而且這節目叫作「零時頻道」？

小莉想想也是，神祕頻道每次都是在十二點之後才開播，叫作「零時頻道」倒也挺合理。節目主持人的聲音聽來，和前幾次新聞插播時的女聲頗爲相似，應該是同一人沒錯。

只聽見主持人說了個電話號碼，還重複三次，之後又是一長段音樂。

小莉記下號碼後，覺得奇怪，怎麼又回到了音樂播放，而不是Call-in節目？那電話號碼並不特殊，是一般市內電話，在好奇心驅使之下，小莉拿起床邊話筒，按下了按鈕，還特地將音響聲音調小，以免造成回授現象。

小莉曾經是一些知名Call-in節目的忠實聽眾，一些Call-in時的注意事項早已成了習慣。電話撥通了，接電話的人聲和剛才的主持人聲也一樣，彷彿是個一人電台。

「喂喂喂！是零時頻道？」小莉興奮問著：「什麼時候多了這個頻道，我怎麼都不知道呀，你們的音樂眞的很好聽，還有那些預報，是怎麼做到的？這是廣告手法嗎？」

儘管小莉顯得興致勃勃，電話那端的聲音仍然和緩優雅，慢慢說著：「這位聽眾希望見到明天發生什麼樣的事情呢？」

小莉愣了三秒，只覺得自己的一頭熱似乎碰了個冷釘子，卻仍然覺得好奇。「什麼意思？

我想見到明天發生什麼事？」

「是的。」電話那端柔聲答。

「最想見到我們業務部主管在我面前跌倒，假髮飛上天，哈哈哈哈！」小莉哈哈大笑。

「沒有問題——」

跟著是一陣寂靜，小莉接連喂了七八聲，再也沒有回音，覺得莫名其妙，掛上了電話，重新調大了廣播音量。

廣播中一直播放著音樂，剛才那怪異的Call-in節目卻無聲無息，像不曾發生過一般。

「眞是見鬼了！」小莉埋怨著，這讓她對這新頻道的好感減少了些。

重新躺了下來，腦袋一片空白，她對這零時頻道有太多疑問，但不知怎麼地，頻道中播放的無名樂曲似乎有著神奇的力量，讓她不覺得害怕，只感到無比的放鬆。

聽著聽著，又睡著了。

04 極度憎恨

翌日，小莉起了個大早，梳妝打扮，帶了份早餐去公司，一想到蕙姊還請假中，曹烏龜也在外地出差，便覺得開心，心想這幾日應當能過得很悠閒。

公司裡同事們都顯得輕鬆愉快，宜婷也恢復了健康，專心做圖。

經過一整天努力，宜婷設計出兩張圖稿，和小莉想像規劃中幾乎如出一轍，這使兩人感受到莫大鼓舞。小莉心想，剩下來六張圖稿應當也沒太大問題，今天才週一，在這週結束前，這個案子一定能夠完成。

為了慶祝工作順利，小莉和宜婷下班後相約吃飯，正要走出公司，就見到電梯門打開，衝出來的是那應當正在外縣市出差的曹烏龜，只見到曹烏龜神色匆忙，門一開就往公司這頭衝來，腳步一個不穩，左腳絆著右腳，整個人往前一撲，像是滑壘般撲倒在地，公事包摔得開了，裡頭的文件撒了個滿天飛揚。

曹烏龜頭上那頂昂貴假髮，也像是脫線風箏，旋上了天，打了好幾個轉，這才落下。

小莉這頭準備下班的同事們全嚇得呆了，幾個業務部的同事連忙上前扶起曹烏龜，還替他收拾散落一地的文件。

曹烏龜臉色一陣紅一陣青，急忙拾起腳邊假髮，隨手往頭上戴，匆忙趕進公司，原來他到了客戶公司才發現有份重要文件忘了帶，急忙趕回台北來拿。

小莉等一夥下班同事進了電梯，關上電梯門，這才爆出一陣哄堂大笑，有的笑那曹烏龜活該粗心，還敢刁難其他同事，有的笑那曹烏龜跌倒時，假髮飛揚的模樣。

小莉也跟著笑，但心裡卻有些心驚膽顫，那零時頻道的Call-in節目不是開玩笑，竟當眞能夠完成聽眾願望。

她心想要是昨晚打電話給電台時，說自己今天中了樂透頭彩，或是今日能與阿哲相遇，成爲男女朋友也能夠實現？

一想至此，小莉不禁充滿了期待，心想這零時頻道會不會是老天爺看她可憐，一個人孤伶伶在台北工作，無依無靠，賞賜給她的禮物？

這晚小莉期待了一夜，頻道卻始終播放著音樂，沒有新聞插播，也沒有Call-in節目。

接連幾晚都是如此。小莉覺得奇怪，有時想硬撐著睡意等下去，但零時頻道的樂曲一旦播放，便像是能夠操縱著小莉的全身知覺，起初會覺得輕鬆愉悅，跟著便覺得睏了，通常若沒有插播新聞，小莉便要跌入夢鄉，直到清晨醒來。

無論小莉喝咖啡或是濃茶提神都沒有用，大約過了一點，便會抵擋不住睡意而墜入夢鄉。

對此，小莉有些失望，但總算白天時工作進度順利進行，一直到了週四，八張海報稿件已經完成，中間小莉和宜婷已經對這八張海報進行了無數次的修正，修到無處可修，覺得再也無可挑剔。

「要給曹主管看嗎？」宜婷不安地問，她自然知道，美術設計優劣是一回事，創意文案優劣又是一回事，曹烏龜的討厭個性又是另一回事，在為了挑剔而挑剔的前提下，是沒有挑不出的缺點的。

大夥一致同意，要是曹烏龜沒見過「蒙娜麗莎的微笑」這幅畫，而大夥獻上了這張圖讓他審視，照樣會被他批得一無是處；相反地，要是曹烏龜早知道這幅名作，情形又不一樣了，他會讚得天花亂墜，同時將其他作品批評得一無是處，這是這類人的典型症狀。

「蕙姊不在，不如妳拿給美術組的主管張哥看，或是直接將海報圖稿寄給客戶。」小莉賊嘻嘻笑道，心中這麼盤算著。

宜婷覺得不妥：「不行哪，圖做完了一定要讓大家審，這是規矩啊。」

小莉哼了哼：「規矩又沒說一定要讓蕙姊跟曹烏龜審，平常是那兩個賤人意見最多，大家不知不覺就覺得一定要讓他們審才行。妳先拿給妳的美術主管看，看有什麼地方還要改，審完了再把結果告訴我。」

宜婷照著小莉說的，將幾張列印稿子帶進美術部門主管的辦公室中，還特地避開了業務部一帶。

美術主管小張看了幾份圖稿，指出了幾處顏色可以試著更換，宜婷也細心記著。小張為人耿直憨厚，雖然指出了幾處不妥，卻沒像曹烏龜那般尖酸刻薄，也不像蕙姊那樣鑽牛角尖似地挑剔。

宜婷拿著圖稿回來，和小莉商討了一番，照著美術部主管的意思，將幾處顏色修改。

到了下午，小莉興高采烈地叫宜婷來看電子郵件。

電子郵件上是客戶的回函，對於海報設計反應頗佳，除了幾處顏色、字型大小需要更換之外，沒有其他挑剔了。

宜婷：「如果讓曹主任知道我們擅自將還沒送審的圖稿寄給客戶，那他可要發飆了！」

「放心啦！」小莉：「我不是擅自寄啊，我只是打了通電話，說現在快要做好了，問客戶在顏色或是圖案上有沒有特別忌諱的地方，是他們自己好奇，要看圖的，我順著客戶的意思而已，而且妳也已經給張哥看了，就是這樣子的啦，公司又不是曹烏龜一個人的。」

宜婷苦笑，和小莉窩在螢幕前，又照著客戶來信的修稿意見，將幾處顏色、字型大小做了些調整。

隔天作品審核會議時，小莉還特地在作品列印稿上附上了客戶對作品好評的信件列印稿，也事先聲明了這批作品已經經過美術部主管小張的指點。

幾個主管都知道曹烏龜向來意見最多，又是老闆跟前紅人，便總讓他先講，再來附和，只見曹烏龜搔著腦袋，埋怨著幾張海報味道不夠，一會兒說應該加些古典風味的圖案進去，一會兒又說顏色不對。

小莉早已準備萬全：「曹主任，客戶有吩咐過，作品取向要時尚些，顏色都是按照客戶意見修正過的，而且事先也給美術組張哥看過了。」

曹烏龜瞪了小莉幾眼：「公司規定事先要將作品讓內部審核才能交稿不是嗎？要是客戶看了十分不滿意，糟蹋的是公司的聲譽！」

小莉：「我不是交稿，我們只是擔心對方總有些忌諱的顏色跟圖案，事先溝通一下而已，稿子是他們要看的，而且昨天你忙，我們也有拿給美術組張哥看，他負責審核美術部分，有什麼不妥嗎？」

曹烏龜推了推眼鏡，冷冷看著小莉，沒再說話。

大夥靜默了好一陣，曹烏龜這才將幾張圖稿整理了一番，起身說：「我再和老闆討論一下，看有沒有需要更改的地方。客戶的意見是一回事，每個人的品味程度不同，成品公開後大家只會看是哪家設計公司做的，作品的水平是會影響到公司評價的。」

曹烏龜走出了會議室，大夥這才各自散會，小莉和宜婷也各自回到了座位。

「那個王八，我就知道他還是有意見！」小莉咬牙切齒說著，宜婷則是苦笑搖著頭。

一直到了下午，兩人這才接到了令人難以置信的消息。

「這批設計還要大修，曹主任已經親自跟客戶解釋過了，設計上出了問題，需要延後，這是爲了保障公司口碑，老闆也不希望讓一批不夠完美的設計公開發表，那樣會造成其他客戶的壞印象。」業務組的小李搔著腦袋，結結巴巴說著。

小莉和宜婷簡直不敢相信，瞪大了眼說不出話，儘管客戶已經滿意，曹烏龜在老闆面前就是有辦法把黑的說成白的，把白的說成花的。

小李繼續道：「這件案子會交給其他小組來修，老闆希望能夠換個風格。」

「什麼！」小莉怒道：「曹……主任現在在哪裡？我要直接找他談！」

「曹主任和老闆出去吃飯了。」小李歉然笑著，自己也覺得有些不好意思，說完便轉身走了。

小莉的情緒一發不可收拾，她和宜婷連日來的辛勞都成了廢水，最後成敗仍決定在曹烏龜一個人的喜好上；另一個設計小組有個女孩上禮拜答應曹烏龜的邀約，和曹烏龜吃了頓飯，接連幾批設計都安穩通過，客戶有意見，曹烏龜甚至主動擋下，替那小組護航，反倒是自己和宜婷這可憐的二人黑名單小組，動輒得咎，曹烏龜看來是吃定自己和宜婷了，以後的設計肯定都要被大大刁難一番。

一想至此，小莉甚至拍桌大吼，完全不顧眾人眼光，直到宜婷用力將她拉坐下，這才冷靜了些。

一直到下班前，業務部才又發了一批設計工作下來，大都是些簡單的傳單設計，商品本身也無突出之處，是那種就算做得很好，發表之後也沒人會注意的案子。

宜婷認真聽完業務同仁的說明，專心記著一些客戶要求的顏色，小莉則垮著臉，拿著那批品味低俗的傳單案子。

這天難堪下了班，途中有些企劃、美術組的同事拍了拍小莉肩膀，要她寬心些，有些甚至勸小莉認命點，看能不能送個禮物巴結一下曹烏龜，說不定能讓曹烏龜手下留情，不再刁難。

小莉揮著手，拒絕了這可恨的提議。

回到了家裡，小莉用枕頭捂著口，憤恨地大吼大叫，她從沒這樣生氣過，只覺得世上沒天理了。

「小人！」小莉叫得嗓子發疼，這才將枕頭扔到一旁，恨恨坐在床邊，抱著頭哭了起來。過了好久好久，小莉看一眼時鐘，打開了床頭音響。

零時頻道早已開始，今晚的音樂又和前兩個晚上有些不同，幽靜素雅了些。小莉抱著膝蓋，靠在床邊，頭枕著手臂，靜靜聽著。

音樂緩緩流動，漸漸地從潺潺小溪，流成滾滾大河，早已不同於數分鐘前那幽靜曲子，反倒成了激昂的史詩曲子。

小莉只覺得心中的憎恨更深了，更深更深，她閉著眼睛，曹烏龜得意的模樣似乎就在眼前，用冷冷的眼神瞅著她笑。

「又到了零時頻道的Call-in時段，歡迎各位聽友撥電話進來，和我們聊聊，聊聊您想見到什麼，想發生什麼。」

廣播中那聲音甜美的女聲，將電話號碼重複了數次。

小莉抬起了頭，伸手到床頭，將音響聲音轉小，拿起電話，撥下了號碼。

「我要那個小人得到報應，我要我們那個業務部主管，那個殺千刀的曹烏龜，得到報應！」小莉恨極，恨得眼睛都紅了。

小莉說完，立時掛了電話，陡然清醒過來，突然覺得自己有些可怕，她進廁所洗了把臉，看著鏡中的自己，心中瀰漫著不安。

她知道，一直以來自己都不是那種心胸寬大的人，但也從沒這樣滿懷恨意地詛咒一個人。

回到睡房，重新調大音量，音樂依然動人，也不像剛才那樣激昂了。

小莉茫然聽著，此時心情又不同於剛才的愧疚和不安，反倒十分平靜，只覺得惡人有惡報，那是天經地義不是嗎？要是曹烏龜真的有什麼三長兩短，那也是他自找的，是他的報應。

翌日，小莉拖著疲倦的身子上班，這天她特別疲倦，在電梯裡頭便頻頻打起瞌睡，她不明所以，只記得昨晚睡得挺沉，一覺醒來卻像是給吸了魂似的，全身疲軟，腦袋一片空白，什麼事都不想做。

進了公司，宜婷已經埋頭設計著昨日業務部發下來的案子，小莉看了幾張設計稿，聳了聳肩，一點意見也沒有；事實上她對於這批案子根本是恨之入骨，她認爲這是曹烏龜用高級案子想看兩人出糗不成，索性便收回了那高級案子，反而將這些不入流的小案子丟給自己和宜婷，藉以侮辱兩人；這類案子，通常是剛進公司的菜鳥美工就可以獨力完成的東西。

小莉沒來由地感到了不安，她沖了杯咖啡，望著桌面發愣，有時看看四周。

「今天曹主任沒來上班嗎？」過了許久，小莉終於還是按捺不住，問著經過身邊的同事。

「他有啦，一早就跟老闆來了，剛剛跑出去吃早餐了吧，待會有幾個新人要來，是曹主管親自面試進來的呢。」一個美術組的同事這麼說。

小莉：「公司要請新的業務？」

同事：「不，美術組最近缺兩個美工，待會來的新人應該是美工。」

小莉：「美工關曹主任什麼事？怎麼也是經由他面試來的？」

同事笑著：「這才威風啊，妳又不是不知道，曹主任現在已經是實際上的美術總監，外加企劃總監了嗎？兩大部門的主管都得聽他的啊，說不定以後公司增加影視廣告業務，音樂審核也要看曹主任了，人家可是十八般武藝樣樣精通，才子一枚呢。」

「眞不簡單，好一坨中年才子！」小莉恨恨冷笑，心中卻覺得奇怪，零時頻道的Call-in

節目似乎並沒有將她的要求實現，曹烏龜仍然生龍活虎的。但想想昨晚自己的要求是要曹烏龜「得到報應」，報應要如何報，也很難說，說不定曹烏龜平日在玩的股票突然大跌，也算是報應了。

正胡思亂想的同時，美術組的主管小張已經帶了一個新人過來。

小莉瞪大了眼，難以置信。

「嘿，這是小莉，這是宜婷。」小張拍了拍那新人肩膀：「他叫袁孝哲，是新來的美工，妳們好好帶他。」

「你不是阿哲嗎？」小莉不等小張說完，便已經喊了出來，新來的美工正是那日在動物園撞翻了她相機，又賠了她一台相機，還請她吃了頓飯的阿哲。

阿哲也有些驚訝：「喔，是妳啊，妳在這裡上班哪！」

小張：「原來你們認識，那太好了，不用我多介紹了，就交給妳們囉，好好幹，不要讓別人看扁了。」

小張說完，轉身走了。小莉指著自己身旁那空位：「這邊給你坐好了。她叫宜婷。」

小莉只覺得莫名地高興，對於曹烏龜的不滿早已拋到腦後，興高采烈地向阿哲和宜婷介紹對方。

阿哲：「新相機妳覺得如何？用得還好吧？」

「還不錯，很好用啊。」小莉心虛說著，其實她回到家後，就再也沒有碰過那新相機了。

人一愉快，時間似乎過得更快了，小莉花了一整個上午，將公司作業流程和阿哲說了個詳細，宜婷則是專心做著圖稿，不時插個幾句聊聊。

到了下午，阿哲也挑了幾件圖稿來排，阿哲在國外求學時便專攻美術，此時雖然第一天來上班，但由於這些廣告圖稿難度低，做來也挺順手，一個下午下來，也幫了宜婷不少忙，宜婷有些繪圖軟體上的疑問，還是阿哲主動解決的。

「嘿，兩位，休息一下吧。」小莉大大打了個哈欠，看了看身邊阿哲，突然有些臉紅。這才想起自己這組已不再只有自己和宜婷兩人，還多了個阿哲，以往像是張大嘴打哈欠、撇撇屁股放屁這些動作，都很難再做得出來了。

小莉起身舒舒筋骨，看著阿哲：「下班要不要去吃飯？上次你請我，這次換我請你了，宜婷也一起去吧。」

宜婷搖了搖頭：「晚上我還想看連續劇呢。」

「唉喲，新同事來，大家吃個飯聊聊嘛，去啦！」小莉替宜婷捏了捏頸子：「一整天盯著電腦，眼睛都花了，我去沖咖啡給你們喝，我沖的咖啡最好喝了。」

小莉走向茶水間，隨手拿起咖啡即溶包，沖了三杯咖啡，正傷腦筋該如何一口氣端著三杯熱燙的咖啡走，就聽見了隔壁傳來的細碎聲音。

「壞人有壞報……我是壞人……有壞報……」呢喃的聲音持續發出，小莉停下了動作，側耳傾聽。

聲音從隔壁曹烏龜的辦公室傳出。

小莉怔了怔，她似乎聽見了曹烏龜的喃喃自語，還喚著她的名字。

「吳小莉是個好女孩……欺負好女孩會有報應的……」

小莉吸了口氣，步出了茶水間，走道上空無一人，一旁的曹烏龜辦公室門半掩著，百葉窗闔得不實，隱約看得到裡頭細碎動作。

小莉心臟怦怦跳著，湊頭上去看。

從百葉窗的縫隙看進去，曹烏龜側坐著，手上玩弄著一支剪刀，是插花剪根莖用的大剪刀，曹烏龜兩眼無神，緩緩將剪刀湊近鼻子。

「用這麼大把剪刀剪鼻毛！」小莉噗嗤一聲，幾乎要笑出聲來，正想趕快離去將這情景告訴宜婷。

只見曹烏龜手上的剪刀一合，竟是剪在鼻翼上，剪刀銳利，鼻翼登時多了條大裂口，血快速滴答落下，染紅了曹烏龜整片袖子。

「喝！」小莉猛一顫抖，不敢置信自己看到的景象。

「我是壞人……壞人有報應……有報應……」曹烏龜喃喃唸著，剪刀張得老大，快速合上，又在鼻翼上剪出了一條大口子。

小莉激烈顫抖著，摀著嘴巴，昨晚的Call-in成眞了，曹烏龜自己處罰著自己。

只見曹烏龜一刀、一刀、一刀剪著。

直到鼻子整個沒了。

曹烏龜動了動身子，方才側坐的另外半邊臉此時轉正，對著窗外。

那左半邊臉稀稀爛爛，耳朵少了一大塊，左眼只剩下一個血窟窿。

另一隻眼睛也讓鮮血染得通紅，目光直直和小莉的眼神對上，眼神有些怨毒。

「呀啊——」小莉再也無法忍受，發出了淒厲尖叫，連連後退，撞在牆上。

這陣尖叫打斷了整層辦公室裡所有人的工作，和接近下班而產生的懈怠感。

小莉叫得淒慘，所有同事很快趕來，只見到小莉臉色慘白，坐倒一旁牆邊，伸手指著曹烏龜辦公室。

幾個同事推開了門，全給嚇得魂飛魄散，有些奪門而出，有些彎腰就吐了一地。

「曹主任！」「快報警！」「快打一一九！」幾個膽子較大男同事高聲叫著，一齊闖進了曹烏龜辦公室，好不容易才將曹烏龜抬了出來。

宜婷和阿哲也聞聲趕來，宜婷一見曹烏龜的模樣，立時暈了過去。

小莉見到讓同事架出來的曹烏龜，一雙腳誇張抖著，右手緊握著那把大剪刀，握的手勢十分奇怪，不像是正常人握剪刀的樣子，而是極度用力，剪刀幾乎陷入了手掌肉裡一般。

「是我不好！是我不好！我錯了！我錯了！」曹烏龜突然尖叫，叫聲慘烈嚇人，又將一票男同事嚇得彈開。

大夥見曹烏龜突然說話，全都不知所措，那架著他的兩個同事，還猶豫著是否該放手。

「我錯了！是我錯了！我卑鄙，我無恥，我下流……」曹烏龜氣若游絲，目光對上了一旁的小莉，握著剪刀的右手也揚了起來。

「我卑鄙……我無恥……我下流……」在一干男同事尚未反應過來之前，曹烏龜的剪刀已經刺入了自己殘餘的右眼，瘋狂地搗著，同時發出了椎心刺骨的尖嚎：「這是我的報應！」

同事們又是一陣魂飛魄散的騷動：「快阻止他啊！」「曹主任！」「不要啊！」

小莉終於昏了過去。

05 地獄傳來的聲音

小莉醒來時，發現自己側靠著座位邊的矮櫃，一旁的宜婷臉色蒼白，和自己肩靠著肩。

公司裡騷動著，警察、醫護人員不停來回穿梭，幾名員警正對同事盤問著。

老闆也慘白著臉，他本來在家中看球賽，接到電話才知道公司出了慘案，急忙趕來了解情形，魂都飛了一半。

其餘同事有些靠在一起，交頭接耳，有些覺得身體不適，還得由醫護人員就地治療。

阿哲遞了兩杯熱水過來，小莉接下喝了一口，一想到曹烏龜那慘樣，立時嘔了出來。

這天混亂終於過去，小莉返回了家，傻怔怔用棉被裹住自己，一動也不動，靜得像石膏像一般。

小莉不安看著時鐘，一股一股的恐懼湧上心頭，曹烏龜會發瘋，是因爲自己昨晚的詛咒。

那是個詛咒頻道，那是個邪惡恐怖的頻道。

那是個自地獄發出的惡魔頻道。

小莉縮著身子，只盼夜晚趕快過去，見到明日的朝陽，或許能讓她不那麼害怕。

但是越想越害怕，恐懼一點一滴累積，今日的恐怖景象在小莉腦海裡衝撞著，揮之不去。

小莉將棉被裹得更緊了，更緊更緊，更緊更緊。

「喀！」

「喀！」

小莉身子抖了抖，那是什麼聲音？

「喀！」

那聲音是從門外廁所發出，似乎是剪刀剪東西的聲音，小莉尖叫著，想藉著大叫掩蓋住那聲音，她摀著耳朵，聲音卻像是無孔不入一般，一陣陣、一陣陣傳進耳裡。

小莉哇了一聲，自棉被裡伸出手，打開了音響，將音量調得極大。

此時時間並不甚晚，廣播裡還播著其他廣播節目。

那奇怪聲音已經停止，小莉嚇得渾身發軟，仍用棉被將自己裹得緊緊的，一動也不敢動。

時間一點一滴過去，九點、十點、十一點……

小莉覺得又餓又累，眼看又要十二點，又要到了那零時頻道的播出時間，她雖然害怕，雖然想關了音響，卻又怕聲音一停，剛才那「喀喀」聲便又出現。

那聲音幾乎就是曹烏龜今日那大剪刀的喀嚓聲。

幾個小時下來，她很想上廁所，只覺得膀胱都要爆了，但廁所裡的怪聲是如此駭人，她無可奈何，愁眉苦臉靜待著，只能過一分是一分，過一秒是一秒。

曼妙音樂隨著牆上時鐘指針指向十二點整，幽雅地揚起，旋律似水流動，有時緩慢沉靜，像是寧靜溪流；有時激昂深遠，像是大河瀑布。

零時頻道又開播了。

音樂一陣陣入耳，小莉緊裹著的棉被漸漸鬆了開來，每個音符曲調鑽進了耳朵，猶如溫水滴在凍結的冰塊上，讓小莉漸漸不那樣緊張害怕了。

小莉終於癱平在床上，怔怔看著天花板。

廣播裡的音樂像是操控木偶的絲線一般，隨著靈動清心的曲調，轉成了輕快俏皮的曲調，小莉竟覺得有些開心。

「曹烏龜、曹烏龜、老烏龜，罪有應得。」小莉嘿嘿笑著，站了起來，跟著音樂跳著舞。她兩隻手揮著，揮著揮著，比出了剪刀的手勢，在空中剪著，嘻笑說道：「剪掉老烏龜的鼻子，挖掉老烏龜的眼睛，嘻嘻！」

小莉跳了兩步，這才感到尿急，上了廁所方便，梳洗一番後回到房間，蓋上被子沉沉睡去，口中還喃喃唸著：「活該，誰教他那麼壞，挖眼睛便宜他了……」

接連幾日，公司上下都在驚魂未定的情形下運作著。聽同事說，曹烏龜已經瘋了，當天送去醫院急救時，口裡還喃喃唸著一些聽不清楚的話，送去醫院急救後已無大礙，但是兩隻眼睛都沒了，臉也毀容了。

雖然有不少人討厭曹烏龜，但如此慘狀也未免太慘了些，驚恐和同情取代了本來對他的嫌惡。

大夥議論紛紛，不是認爲曹烏龜其實有偷偷吸毒的習慣，就是認爲他鬼上身了。而醫院的報告出爐後，曹烏龜體內並無毒品反應，大夥更深信他一定是中邪了。

就連傷癒返回公司崗位的蕙姊，得知了驚人消息後，接連幾日拄著拐杖往返茶水間，經過曹烏龜過去的辦公室時也不免驚恐腿軟。

大夥雖然難忘曹烏龜發狂的經過，但畢竟日子還是要過，一天一天，又是兩個禮拜過去。

阿哲學習能力很快，一下子便成了有力的夥伴，三人小組接連完成了幾個案子，客戶和公司主管們都感到十分滿意。

小莉雖然心中不免仍然對於詛咒曹烏龜有些愧疚，但畢竟這事情沒有任何人知道，她也深藏心中，認爲就讓這些事都過去吧，她現在心中裝得滿滿的，全都是阿哲。

她坐在阿哲和宜婷的中間，工作時總是不停左右和兩人講話，宜婷內向話少，阿哲則開朗健談，自然而然地，三人小組中，小莉和阿哲便漸漸成了兩人世界一般。

小莉越來越常猜測，說不定阿哲也很喜歡自己，既然喜歡自己，爲什麼沒有表白呢？

兩人在嬉鬧閒聊之際，也偶爾會碰上巡視盯梢的蕙姊。蕙姊在曹烏龜事件後，不知是給嚇到還是如何，囂張的態度收斂了些，見小莉話多，也只是口頭上提醒幾句，當然，這也和小莉這三人小組近日來的作品成績斐然有關。

這天午休過後，小莉回到公司，揚了揚手中那三張剛上映的熱門電影票，得意洋洋：「怎樣，我犧牲了午休時間，特地去買的，下班一起去看吧！」

宜婷和阿哲都答應：「好啊！」

下午工作時，小莉仍然興致勃勃，聊著這部熱門電影，說在美國上映時有多轟動、多好看。

「吳小莉，妳來一下。」是蕙姊的聲音，蕙姊車禍骨折，仍然提前返回公司奮戰，總算也讓她如願升上了企劃部主管。

小莉嚇了一跳，轉頭看去，蕙姊正向她招手，小莉嘀咕著，向蕙姊走去。

蕙姊揚了揚手上文件：「妳這份企劃，客戶不滿意，文案要重寫，明天早上我來之前就要看到，中午之前就要傳給客戶，今晚要麻煩妳留下來了。」

小莉愕然，看了看時鐘，已經接近下班時間。蕙姊將文件遞還給小莉。

回到了座位邊，阿哲和宜婷已經開始收拾起桌上東西，準備要去看電影了。

「阿哲，你可以替我退票嗎？」小莉苦著臉說：「我要加班，不能去看電影了。」

「什麼……」阿哲皺了皺眉：「那還真慘……」

小莉將電影票遞給阿哲，說了個電影院名稱。阿哲搔了搔頭：「我回來台灣不久，台北跟以前都不一樣了，這家電影院在哪裡啊？」

小莉翻著被退的文案，生起了悶氣，一時也沒回答阿哲。

宜婷接過話：「我家在那附近，我幫妳退吧。」

「謝謝。」小莉心不在焉地嘆著氣，隨意向兩人道了別，咬著筆桿想文案。

想著想著，在不斷推翻一條條句子後，總算揀出了幾條看來還不錯的文句，小莉伸了個懶腰，看看時間，覺得心煩不已。

她撥了通電話給阿哲，想說聊兩句也好。

電話不通。

小莉咳了兩聲，又撥了電話給宜婷。

電話不通。

小莉感到坐立難安，甚至有些莫名的惱火，卻又想不出惱火的理由，只覺得蕙姊今日十分惹人厭。

看著厚厚一疊文件，小莉嘆了口氣，繼續咬著筆桿，絞盡腦汁將企劃中的文案句子逐條修改。

時間過得飛快，小莉越來越是煩悶，文案塗塗改改，她覺得原先的文案已經完美無缺，但這次客戶似乎十分挑剔，要全盤改過。小莉腦中一片空白，不停地在筆記本上寫著一段段字句，再一句句劃掉，直到整張紙再也無處可寫，便撕掉揉了，桌邊那廢紙簍已經裝了滿滿一簍的紙團。

這企劃書明天一定要交，但難度超出了她的預期，加班了好幾個鐘頭，連一則文案都尚未完成。

「煩死人了！」小莉忍不住罵了一句，皺著眉頭閉著眼睛休息，心想著要是明天趕不出來，那可要成爲蕙姊新官上任展示官威的第一個犧牲品了。

她陡然一驚，此時廣播播放的曲目好聽得嚇人，小莉連忙抬頭看鐘，果然已經十二點了。果然是零時頻道。

這陣子小莉不常加班，也不再晚睡，總是在十一點之前就將廣播關上，刻意避開了零時頻道的時段。

卻沒想到，今天在不經意的情況下，又聽到了這頻道。

小莉本來順手伸了過去要關上音響，手卻中途停在空中，廣播中傳來的音樂是那麼動人好聽，曲調綿延連貫引人入勝，讓人不捨得打斷；小莉的手一直停在空中，心想等這首曲子結束，馬上就關，但曲子似乎沒有止盡，不停播放著，小莉的手漸漸痠了。

「本台新聞插播，明日寒流來襲，請大家穿上厚重衣物，以防感冒。」

這突如其來的插播新聞將小莉從如夢似幻的情境中拉出，正要伸手關掉音響，零時頻道又傳出了甜美的主持女聲：「又到了許久不見的零時頻道Call-in時段，聽眾們這些日子過得可好？想見到什麼事情發生呢？儘管Call-in進來吧，零時頻道，會一一爲您實現。」

小莉看著桌上那疊空白的文案企劃表，心中掙扎著，她沒有第一瞬間關上音響，是因爲心中想到了要是明天蕙姊請假，那麼這企劃書理所當然能夠延後一天才交，現在已是凌晨，腦袋裡哄哄鬧鬧，一點靈感也沒有，只要能夠再多一天，多一天就好，絕對能將這企劃書完成，但不是現在，現在絕對寫不完了。

小莉深吸一口氣，拿起了電話，撥下號碼。

「零時頻道嗎？我……我想要我們公司的蕙姊，明天小感冒請假一天，小感冒就好，很快就會恢復的小感冒……」小莉謹慎說著，深怕要是蕙姊又像上次曹烏龜那樣自殘，那可糟了，小莉心胸雖小，但可沒那樣壞心，讓不喜歡的人都死去。

「您的要求我們聽見了，一定會讓您的願望成眞。」甜美女聲這樣說著，優美的音樂再度揚起。

小莉怔了怔，覺得若有所失，後悔起剛剛怎麼沒說想見到自己明日中了彩劵頭獎。要是眞中了頭獎，那可不必管這什麼狗屁企劃書了，更不必看蕙姊臉色，要自己開間設計公司都行。再不然，剛才說想要見到阿哲明天捧著一束鮮花，向自己告白，那也很好哪。

小莉呼了口氣，心中百般滋味，盤算著之後是否還要繼續聽這神祕頻道，那音樂是這樣地迷人，還有有求必應的Call-in時段，要是好好運用，除了能讓自己幸福，要是許下「希望見到世界和平」、「人們不再打仗」這樣的願望，是否也能應驗？

果眞如此，那這零時頻道就不是惡魔的頻道，而是上帝的頻道了。

隨著音樂進行，小莉沉沉陶醉著，零時頻道在她心中，似乎裹上了一層糖衣，不再那樣恐怖邪惡，反倒是全能上帝的恩賜，偉大而聖潔。

不知不覺，音樂停了，小莉這才張開了眼睛，回想幾遍剛才的Call-in內容，確認了蕙姊只會因爲無傷大雅的小感冒請假一天，自己隔天便奉上完美無缺的企劃文案。

小莉匆促收拾了東西，下班回家，一路上還犯著嘀咕，想著對那零時頻道眞是一點也不能鬆懈，眞是會勾人上癮，但同時心中又掙扎著，到底要不要利用那頻道中個彩券頭獎。

這晚，小莉輾轉難眠，翻來覆去都睡不著，就是覺得沒來由地煩悶。

一整晚下來，好不容易入睡，也因此，睡過了頭。

小莉起床時已經接近九點，她匆促整了整頭髮，趕往公司。

蕙姊果然沒來，小莉謹愼詢問同事，確定了蕙姊的確只是感冒，請假在家休息，這才放心往座位走去，打算好好利用這天，完成昨夜趕不完的企劃案。

小莉走向座位，卻見到阿哲坐在自己的位子上，正和宜婷聊著，聊得十分開心。

「你在我座位上鬼鬼祟祟幹嘛？」小莉哼了哼。

阿哲指著宜婷的螢幕：「這張圖比較麻煩，我坐這裡溝通起來比較方便呀。」

阿哲從國外留學回來，美術底子比宜婷深厚許多，這些日子下來，反而像是小組裡頭的美術指導一般了，有時宜婷做完了圖，都會請阿哲看看。

小莉看了看螢幕，這張圖稿的確十分複雜，是件大案子，聳了聳肩，去阿哲座位坐下。

小莉轉著筆，覺得百般無聊，看阿哲和宜婷對著螢幕討論，自己卻一點話也插不上。

宜婷今日看來似乎比以前漂亮，像是特意打扮過一般，小莉仔細端詳，的確如此，以往宜婷總是長髮及肩，沒有任何變化，今天卻綁了個十分可愛文靜的公主頭；以往總是穿著長褲，今日卻穿了長裙；宜婷本來便長得可愛，經過打扮後更多了些女人嫵媚氣息。

小莉感到十分不自在，偷瞄了一旁鏡子幾眼，還是覺得自己更漂亮些，但早上匆忙出門，頭髮有些雜亂，衣服也是隨便亂搭，加上一夜難眠，氣色難看，便讓宜婷比下許多。

阿哲和宜婷一邊做著圖，一邊聊起了雜事。

小莉愣愣聽著，聽著他們聊起了新上演的電影角色，陡然一驚，想起了什麼：「宜婷，妳有幫我退票嗎？」

「啊，有！」宜婷這才想起退票的事，打開了皮包，掏出三張票的錢還給小莉。

「你們在聊那部電影。」小莉十分不是滋味：「你們還是去看了？」

阿哲點點頭：「對啊，昨天我陪宜婷去退票，但是那部片真的很吸引人，所以乾脆看了，再將我們的票錢補進退的那一張票錢裡囉。」

阿哲和宜婷等於是自己買票去看，也說不上有佔到小莉的便宜，儘管如此，小莉仍然覺得十分不舒服，像是吃了記悶棍，只能冷冷笑著：「那好不好看啊？」

「非常好看！」阿哲和宜婷異口同聲。

到了下午，小莉回到了自己座位，三人小組持續工作著，但氣氛總是有些改變，小莉話變少了，反而阿哲和宜婷互相間的交談增加，有時還會隔著自己交談，這使得小莉坐立難安。

「怎麼妳今天都不說話？」阿哲倒了三杯咖啡，兩手各端一杯，再用兩只杯子，夾住中間那只，發抖走來：「怎麼突然變那麼冷？」

「哪有，是你們今天話變多了！」小莉接過熱咖啡，喝了一口，環顧公司一番，大部分的同事都叫苦連天，氣溫一下子好像低了十度一樣。

小莉聽了零時頻道的寒流預報，早有準備，出門時雖然匆忙，但還是順手拎了件厚外套來，此時派上用場，穿上身就一點也不冷了。

隔天，公司倒了一半，大都是感冒，一個個打噴嚏、咳嗽、流鼻水，有些嚴重的還請了假。

令小莉訝異的是，儘管她已經完成了那企劃文案，且頗滿意，但這天蕙姊仍然沒來。

據同事說，蕙姊有氣喘，感冒引發了氣喘，使得一向好強的蕙姊，除了上次車禍住院之外，罕見地連續請了兩天病假。

小莉隱隱感到有些不安。

這天，宜婷也感冒了，這使得阿哲更照顧宜婷，替兩人倒熱水的次數更多了，但大多數時候，都是先將熱水遞給宜婷。

小莉嗜喝咖啡，不愛喝白開水，自然知道阿哲是替宜婷倒水，順便替自己倒一杯罷了。

「妳這兩天上班都有打扮喔，愛漂亮了。」小莉在午休時，裝作不經意地問著宜婷。

宜婷臉紅了紅：「沒有啊，妳不是一直叫我穿好看點嗎？說這樣可以快一點找到新男朋友，擺脫失戀陰影啊！」

小莉追問：「那找到了嗎？」

「沒有……」宜婷不好意思地轉移了話題：「明天週休二日，阿哲說去淡水夜遊，妳要不要去？」

小莉拍手：「好啊！」

這晚，小莉在睡房裡全身赤裸，對著一面長鏡精心挑選著合適的衣服。要穿什麼好呢？

單論身材，小莉自認要比宜婷好上許多，胸部大得多了，腿也長了些；半轉過身，鏡中自己的屁股渾圓翹實，小巧嬌美，不像宜婷由於是美工，坐椅子的時間遠長於自己，屁股不免有些大。

想到這裡，小莉忍不住呵呵笑了，卻又覺得這樣取笑好友十分不道德，暗暗有些慚愧，專心挑著衣服，特地挑了有點性感的風格，想到要論打扮，自己雖然出社會後不再那樣愛玩了，但比起乖乖牌宜婷，總是強上許多，至少化妝就勝過一大截。

小莉挑著各種衣服，總不免和宜婷比較一番，挑了好久，挑出幾套衣服，這才滿意入睡。

06 詛咒

週六，是個大好天氣，晴空朗朗，在入冬的季節曬來格外舒服，小莉到了約定的地點，遠遠看見阿哲駕著叔叔的車駛來，小莉揮了揮手，阿哲才剛停下車，小莉已開了前座車門，一點也不客氣地坐了上去。

阿哲帥氣地轉動方向盤，車子掉了頭，去接宜婷，準備展開一整天的淡水一遊。

「今天只有十度耶，妳穿這樣不冷嗎？」阿哲打量著小莉，哈哈笑著：「嘩，妳的眼影畫得那麼濃！」

小莉哼了一聲，挺了挺胸，她穿了低胸毛衣，配著短裙外加一雙長靴，感到有些高興，阿哲不但注意到自己的穿衣打扮，連眼影也注意到了。

阿哲開了一會兒，到了和宜婷相約的地點，宜婷遠遠站在前頭招手。小莉看宜婷雖然仍綁著公主頭，卻只是穿了件厚外套和長褲，似乎沒有特別打扮，又看了看阿哲，阿哲在車內也只穿了件普通毛衣和牛仔褲，自己的低胸毛衣加黑色皮短裙，似乎又與兩人格格不入了。

一想至此，小莉不由得吞了口口水，又坐立難安起來。

宜婷上了後座，直呼好冷，阿哲駕著車，往淡水駛去。

一整天下來，三人逛了老街、逛了漁人碼頭、渡船來到八里、逛了天后宮、逛了老榕碉堡、逛了左岸公園、逛了十三行博物館……

最後又回到淡水市鎮時，已經入夜了。

小莉坐在車內揉著腳，她穿長靴走了一整天，腳十分痠疼，還扭了一下，阿哲和宜婷下車去買熱食和痠痛貼布，自己也只能在車上等著，回想玩了一整天竟不怎麼快樂，反而十分彆扭。

本來的精心打扮似乎引不起阿哲的興趣，反而顯得和阿哲、宜婷兩人格格不入。現在想來也是，今天是淡水一日遊，不是夜店狂歡之旅。在老街逛時，小莉的長靴十分不好走，只能看著穿球鞋的阿哲和宜婷蹦蹦跳跳好不開心，即便是在車內，小莉那身香水味也顯得十分突兀。

小莉有些沮喪，三人在車內時，儘管自己坐在前座，就在阿哲旁邊，但是阿哲看著後視鏡與宜婷聊天的次數，遠比和自己聊天還來得多，這是爲什麼？

從什麼時候開始，他們距離這麼近了？明明是自己先認識阿哲的不是嗎？

小莉神色黯然，想起了自己在動物園和阿哲相遇那天的經過。

「眞慢……」小莉看著車窗外頭，街道暗沉沉的，車上開著廣播，正播放著流行歌曲。天上的星星一閃一閃，小莉看得入迷，隨著流行樂曲輕哼。

「沙沙……」流行歌曲戛然而止，兩聲沙沙又來到了零時頻道。

小莉哇了一聲，一看時間，十二點整，小莉不熟悉車上的音響操作，還來不及關掉廣播，甜美的女聲已經呢喃說著：「本台報導，台北某設計公司企劃部女性主管王欣蕙，因感冒引發嚴重氣喘，將於七日凌晨零時三分十四秒，病故於家中。」

「喝！」小莉嚇得哇哇大叫，仍然不知道該如何關掉廣播，只好推開了門，逃出車外，大口喘著氣。

看看手錶，零時二分四十六秒。

「蕙姊！」小莉張大了口卻不敢叫嚷，慌張地找著阿哲和宜婷，卻又不知該如何將這訊息告知兩人。

二分五十五秒、三分五秒、三分十三秒。

小莉深吸了一口氣，看著指針走過了那預言中的三分十四秒，零時頻道預言沒有出錯過，蕙姊死了，有如死在小莉面前一般。

「天……我的天……」小莉掩著嘴，害怕且懊悔地流下了淚，她的詛咒不但弄瘋了曹烏龜，甚至奪去了蕙姊的生命。

仔細想想，以蕙姊的個性，很難因爲小感冒而請假，零時頻道的預言百分之百準確，不能不準。於是，小莉的Call-in被分解成兩段執行，蕙姊的確只是得了一場小感冒，完成了小莉第一階段的要求；感冒引發了氣喘，嚴重的程度使得蕙姊不得不請假休養，如此便完成了小莉第二階段的要求。

而要求之外的發展，全然不受控制，如同當時曹烏龜一般。

小莉全身顫抖著，反覆回想著自己當晚的Call-in是否仍然不夠嚴謹，要是加上「蕙姊請假隔天，仍然好端端地回來上班」這樣的要求，是否就能夠讓蕙姊免於一死。

「不……」小莉哭著站起，憎恨地看著身後仍播放著音樂的車子。

「這是惡魔的頻道……」小莉恐懼地跑著，一跛一跛地跑著，但那零時頻道的音樂聲卻揮之不去，千里追魂似地鑽進了她的耳朵，她此時此刻才深深覺得，就算她在Call-in時多麼嚴謹地加註條件，最後的結果仍然很有可能是慘不忍睹的。

這是個惡魔的頻道，是從地獄傳來人間的頻道。

強忍扭著的腳踝傳來的疼痛，小莉遍尋不著阿哲和宜婷。零時頻道的音樂始終未曾停歇，一直在耳邊響著，此時的音樂聽來，不再悅耳怡人，反倒像是恐怖電影的配樂，更讓小莉的神經緊繃到最高點，瀕臨崩潰。

小莉找著了便利商店，隔著便利商店的透明窗戶，裡頭有幾個客人，卻沒有阿哲與宜婷兩人的身影。

便利商店另一旁的老巷，卻傳出了他們的呢喃交談。

小莉朝聲音處看去，耳邊的恐怖音樂漸漸轉變成低沉哀傷。

阿哲和宜婷正佇在一處不起眼的牆邊，相擁著，輕輕吻著對方。

宜婷手裡還提著從商店買回來的熱食和痠痛貼布。

小莉沒有再往前去，心中的恐懼已讓失落悲傷取代，她黯然轉身，一跛一跛地走回車內，關上車門。

憂傷的音樂繼續播放，小莉看著窗外星空，眼眶漸漸紅了，她控制不了自己，嗚咽哭了起來，哭著哭著，音樂由哀淒轉爲悲亢。

帶有魔力的曲子愈漸尖銳刺耳，傳進了小莉耳中，彷彿對她說著話，說著宜婷和阿哲的壞話。

小莉似乎跌入了幻境，幻境裡的宜婷像是個奸巧的淫蕩騷貨，穿著酥胸半露的薄衫，擺出下賤淫穢的姿勢，勾引著阿哲。

而阿哲，則成了風流無恥的賤男人，背棄了自己，和宜婷勾搭調情，兩人躲在暗處，做些見不得人的事。

小莉恍惚之際，彷彿見到了以前的男友將其他女性帶回家中親熱的畫面，她將阿哲的形象，和那賤男人的形象重疊，將宜婷的模樣，投射在那賤女人的身分上。

「狗男女……」小莉迷迷濛濛抬起頭，拭乾了眼淚，恨恨說著：「可惡的狗男女……」

「又到了零時頻道Call-in時段，今天是愉快的週六假日，各位聽友，你們可有想見到的事，儘管Call-in進來，告訴我們，讓我們替您實現，電話是……」

不等廣播中的甜美女聲說完，小莉瘋了似地在身上找著手機，立刻按了熟記著的電話號碼，打進了零時頻道。

「我要他們不得好死……狗男女不得好死……」小莉冷冷看著外頭，一字一句緩緩講著，此時阿哲和宜婷步出了小巷，一前一後走來，像沒事一般。

看在小莉眼裡，有如一對姦夫淫婦。

小莉此時卻沉靜地看著兩人，還對他們微笑，同時緩緩對聽筒說著：「禮拜一他們出門上班，會出車禍，很嚴重的車禍……」

「車……毀……人……亡……」

阿哲開了門，小莉按下斷話鍵，嗔笑道：「你們眞慢，我快餓死了！」

宜婷滿臉通紅，嗤嗤笑著，說不上話來。

阿哲道：「咦？廣播怎麼壞了？」

此時的頻道聽來全是沙沙聲，小莉也不明所以，聳了聳肩：「可能訊號干擾吧，聽CD好了。」

回程途中，小莉不發一語，阿哲和宜婷似乎也有些作賊心虛，車內氣氛像是凝結一般。

好不容易捱到了家裡，小莉滿身疲倦，腦袋一片空白，上樓時口裡還碎碎唸著「狗男女」、「不得好死」這類的字眼。

開門進屋，進了浴廁，小莉照著鏡子，洗去了臉上濃妝，揉著扭傷的腳，用熱水沖著身子，總算回了神，她茫然了好一會，不禁後悔起自己的衝動。

她對自己的好友下了詛咒。

極爲惡毒的詛咒。

洗完了澡，回到床上，小莉裹著棉被掩面哭泣，這夜十分煎熬，小莉作了許多惡夢，她夢見阿哲和小莉熱情相擁、她夢見阿哲讓公車輾得肚破腸流、她夢見宜婷讓貨車攔腰撞上……

她夢見曹烏龜，夢中的曹烏龜用尖銳的剪刀，在身上刺著、在臉上剪著；剪去了鼻頭肉、剪去了耳朵，還剮去了眼睛。

她夢見蕙姊。

蕙姊躺在客廳沙發上喘息著、喘息著，伸出手胡亂抓著，漸漸倒下，兩隻眼睛瞪得老大，怨毒地看著自己。

「呀！」小莉尖叫一聲，終於醒來，已經是週日的正午，想不到自己竟睡了這麼久。

她照了照鏡子，鏡中的自己兩眼凹陷，氣色十分地差。

小套房裡瀰漫著不安的氣息，讓小莉坐立難安，似乎隨時有什麼不好的事情要發生一般。

她披上外套，走出屋外，漫無目的在街上晃著。

晃著晃著，夢中蕙姊臨死的模樣無來由地浮現腦海，小莉全身發起了抖，蕙姊當時眞的是這樣死去的嗎？她知道她是因爲自己的詛咒而死去的嗎？爲何死前眼神是這樣地憎恨和怨毒？

週一就是宜婷和阿哲的死期，怎麼辦？該怎麼辦？

小莉不禁又哭了，痛恨自己爲什麼變得這麼壞心腸、這麼小心眼；他們要談戀愛，就讓他們去愛啊，天下男人又不是只有阿哲一人；事實上阿哲與自己，也一直保持著友誼關係，一點兒都沒踰矩；而宜婷，也一直是自己最好最好的朋友。

因爲她的憎恨，已經害慘了兩個人，儘管兩個都是她討厭的人，但畢竟罪不至死，小莉心胸不大，但也絕對不想當個惡毒的巫婆。此時的她卻像是個吐著蛇信的巫婆一般。她咒瘋伊人、咒死一人，且即將還會有兩個人，因爲她的詛咒而遭遇極可怕的事情，很可能是死。

四周的行人漠然走著，小莉哭著跑，扭傷的腳踝不那麼痛了，但心卻十分痛，她跑著跑著，直到跑得腳痠，那是什麼樣的邪惡頻道？該找誰來幫她？

她環顧四周，附近十分空曠冷清，大街在好遠的後頭，一旁幾條巷子都只有些破舊住宅。

她這才察覺自己竟已走了一個多小時的路程，走到了以往從沒來過的郊區。

有幾片空地長滿了雜草，一座兩層樓高的獨棟建築，吸引了小莉的目光，建築門前有個教會的招牌。

這教會十分陳舊，鐵門半掩著，門上鏽跡斑斑。小莉茫然走著，推開了那鐵門，裡頭是一間大廳，空空蕩蕩，和電影裡頭的外國教堂不太一樣，四周沒有那五彩繽紛的玻璃窗，也沒有大十字架耶穌像，和長長木椅。反倒跟一般公寓住宅相差無幾，鐵凳子倒是不少，中央一處講台桌上有只小小的十字架。

「該怎麼辦？我該怎麼辦？我不要變成巫婆……」小莉在那講桌前拿起了小十字架，怔怔看了一會兒，眼淚又落了下來，她緩緩跪下，低聲哭泣著。

她本想打個電話給阿哲或宜婷，好歹提醒一下。卻又不知如何開口，神祕頻道的魔力似乎難以抵抗，就算提醒了兩人，也未必能夠逃過一劫。

一想到兩人命在旦夕，要自己跟將死之人講話，還是因爲自己的嫉妒、詛咒造成的，情何以堪？

「嘛——嘛——」好奇怪的呼吸聲響起，小莉害怕地環顧四周，不知道這聲音從何而來，像是人在呼吸，十分艱困地呼吸。

「嘛——嘛——」

小莉幾乎瀕臨崩潰，這像是夢境中蕙姊喘不過氣的呼吸聲。

小莉幾乎忘了自己是如何爬出這陳舊教會的了，她歇斯底里地叫著，在荒涼的街上跑著，總算又回到了熱鬧的大街。

小莉在街上渾渾噩噩走了一天，什麼也沒吃，昏昏沉沉的，只覺得腦袋一片空白，偶爾還會聽到些聲音，是什麼聲音？

手心一陣刺痛，小莉張開了手，手裡握著的是她從廢棄教會裡撿到的十字架，她緊緊握著，將手心都刺破了。

小莉嘆著氣，肚子咕嚕咕嚕響起，她總算感到了飢餓，上了一家速食店，點了份套餐，食不知味地吃著。

隔壁的小孩子好吵，小莉看著窗外，沒去理會那吵鬧聲音。

小孩子更吵了，哭著叫著摔東西，小孩的母親柔聲安慰，小孩子哭得更大聲了。

「我不要吃漢堡！我要吃雞塊，我要吃雞塊！」小孩哭鬧著。

「好啦，你去給他換好了。」小孩母親無奈推著一旁的男人。

「點了餐怎麼換？這小孩怎麼這麼倔，點了就吃嘛，都是妳把他寵壞了！」小孩父親生氣罵著，伸起手來，就要往小孩臉上摑去。

小孩母親連忙攔下了小孩父親：「嘿，這裡這麼多人你控制一下，今天是他生日，就順著他嘛，再幫他點一份雞塊嘛。大不了以後嚴格一點，你在他生日打他，他會很難過的！」

「哼！」小孩父親儘管生氣，卻也覺得在孩子生日開扁有些不妥，一邊嘮叨一邊起身往速食店櫃檯走去。

小孩抹著眼淚，吸著鼻子，期待等著他最愛吃的雞塊。

小莉怔了怔，儘管心不在焉，但小孩父母嗓門都大，後頭的對話她聽得一清二楚，彷彿一盞明燈，在她最無助的時候亮了。

「我不能眼見他們死！我不能害死他們！」小莉振奮了精神，大口吃著漢堡薯條，她想到了一個辦法，今晚再打一通電話進零時頻道，改變阿哲和宜婷的命運。

那個頻道是如此惡毒，小莉不知道自己的祈求能否如願，但這也是唯一的辦法了，再不行，小莉也下了決定，衝也要衝進宜婷家裡，就算綁也要綁著她，不讓她出門，要撞，撞死自己好了。

精神耗弱到極限的小莉，此時已豁出去了，捨身救好友的信念一起，反倒沒那麼害怕了。

回到家門前，小莉拿出鑰匙開了門，開了燈。

「喀喀……喀喀……」

小莉已無心去介意這怪異喀喀聲的由來，今天她不只一次聽見這怪聲音。

她澡也沒洗，打開了廣播，拿了手機在手上，在床上抱著膝蓋專心等著。但心中又不安起來，零時頻道每晚準時播放，但是Call-in卻十分不固定，大都間隔好幾天才會有一次，昨夜才出現一次，今天有可能出現嗎？

時間一分一秒地過，小莉大氣也不敢喘一聲，專心擬著這次的Call-in要求，務必天衣無縫，不能讓這邪惡頻道再用各種惡毒的手段害死她兩個好友。眼看著時間慢慢接近午夜，指針漸漸靠近十二點。

「喀……喀……」

奇怪的喀喀聲又出現了，小莉繃緊了神經，此時更無暇去管這怪異聲音了，只希望上天保佑，零時頻道能夠趕快播放，且會出現Call-in時段，好讓自己有機會能挽回昨夜那邪惡的詛咒。

她又攤開了手，手上的十字架銀亮清澈。

優美的音樂聲揚了起來，零時頻道終於開播。

一陣一陣的旋律，讓小莉頓時放鬆了些，那喀喀怪聲終於不再出現，小莉看著鏡子，察覺到了自己的鬆懈，連忙搖了搖頭，使自己清醒些。

樂曲繼續著，時而優美時而婉約，時而哀愁時而激昂，小莉擰著自己大腿，咬著嘴唇，努力讓自己不受影響。

等了許久，始終等不到Call-in時段，小莉著急，不管三七二十一，照著一貫的Call-in號碼打去，電話那端鈴聲不停地響，卻始終沒人來接。

小莉怒罵著，扯著頭髮，藉由疼痛使自己清醒，電話不斷地掛了又打，打了又掛，一直沒人來接。

「可惡，混蛋，媽的快接啊！」小莉哭喊著，電話那頭的鈴聲突然停下，取而代之的是強烈的沙沙聲。

「回授？」小莉趕忙調小了廣播音量，她知道這突如其來的沙沙聲是回授現象，是由於廣播聲音經由電話筒回傳進電台所造成的雜訊。

這表示有人接了電話。

「喂——喂——」小莉急急說著：「零時頻道嗎！說話啊，我是你們的忠實聽眾，我有話要說，我明天有想要見到的事！」

電話那頭的女聲聽來仍然十分悅耳：「現在並不是零時頻道的Call-in時段，這位聽友，妳……」

小莉大聲打斷她：「不管啦！我是你們忠實聽眾，我一直都聽你們的節目，我有了大麻煩，你們一定要幫我！」

「妳有什麼麻煩？」女聲甜美問道。

小莉大聲說著：「我昨天Call-in說錯了話，我想收回，我不希望我那兩個笨蛋朋友出任何意外！我明天上班要見到他們平平安安，一輩子快快樂樂活著！」

「公開廣播出去的話，不能收回。」女聲聽來平靜而堅決。

「我不管啦！我要收回，我不要見到他們出事！」小莉越說越激動：「你們這個頻道有鬼，亂捉弄人，我是你們的忠實聽眾，你們還捉弄我！」

「零時頻道一直都是聽友們最好的夥伴，每個夜晚陪伴在聽友身邊，是不可能會捉弄聽友的，事實上，我們達成了妳許多願望不是嗎？」甜美女聲解釋著。

「如果我的好朋友死了，我會很難過，你們不分青紅皂白、不管嚴重性，就是捉弄我，我快瘋了，快發瘋了！」小莉尖聲叫著。

「公開播送出去的『希望見到的事』，不可能收回；而再次『希望見到的事』和先前公開播送而尚未發生的相牴觸，可以。但是要付出代價。」甜美女聲淡淡說著。

小莉哭著：「我不管啦，就是要他們不要出車禍、不要出意外，要平平安安的，做我一輩子的朋友！」

「您的要求將會實現，但請您不要後悔。」甜美女聲淡然說著。

電話斷了。

小莉愣了愣，電話筒那端一句「您的要求將會實現」，讓她大大鬆了口氣，這表示自己原先的詛咒已被這次的要求抵銷了，但之後那句「請您不要後悔」是什麼意思？是指自己的要求成功了，要付出代價，所以要自己「不要後悔」？小莉呼了口氣，呆坐在床邊，調大了廣播音量。會是什麼代價？犧牲自己一命，換取宜婷和阿哲的命？

小莉不免又苦了臉，零時頻道有如此魔力，如果要自己付出代價，那代價可能極高，一想起曹烏龜的慘樣，不由得打了個冷顫，要是自己變成曹烏龜那樣，還不如死了算了。

廣播中仍然是一首首曲子，此時聽來雖然悅耳好聽，卻已無那樣使人醉心的魔力了，小莉嘆著氣，又是擔心，又是沮喪。

音樂突然停止。

「本台新聞插播，今日凌晨時分，台北市和平東路一帶一處民宅，發現一名精神病患攜械潛入，屋主是一名單身上班族女性，姓名叫作吳小莉……」

小莉深深吸了一口氣，這就是自己即將付出的代價？

她趕緊起身，衝向大門，將門鎖檢視了一番，確定全都鎖死，同時又將每扇窗戶都鎖上，又回到房間，靠在門邊靜靜聽著零時頻道的預言，像是聽著判決一般。

「據了解，那名精神病患與屋主曾共事於一家設計公司，年紀大約四十七歲，是男性，日前曾瘋狂自殘，他的名字叫作……」

小莉激烈發著抖，連牙齒都抖了起來，不等廣播播出姓名，再度起身衝進廚房，從流理台上抽出了一柄水果刀，回房鑽進被窩，不住發著抖。

「精神病患極具攻擊性，早已經潛入屋主家中，藏匿了數天以上。」

07 反悔的代價

小莉心臟幾乎要停止。

她簡直不敢相信方才聽到的報導，這些天來偶爾會出現的喀喀聲，是躲藏在家裡數天的曹烏龜發出來的？

「喀……喀……」詭異的喀喀聲又響了起來。

「呀！」小莉吼叫一聲，插播新聞已經結束，又回到了音樂播放。小莉嚇得哭了，手忙腳亂地跳下了床，不停按著音響的電源鈕。

不知怎麼著，儘管按下電源開關，零時頻道的音樂卻不曾停下，像是瀰漫在空氣中一般。

「去死！」小莉尖叫著，拔下了音響插頭，將音響舉起，奮力一砸，砸得四分五裂。

叮叮噹噹的音樂仍然響著，從四周鑽進小莉的耳中。

「喀……喀……」不知是從哪兒傳出來的。

「出來！」小莉大嚎著，一手拿著水果刀，一手抄起門邊掃把，牙齒打著顫，用掃把撥開了衣櫃門，沒人。

「你躲在哪裡？」小莉蹲下，用掃把亂刺床底，刺了一會兒，沒有感覺裡頭有東西，低頭一看，沒人。

她出了房門，雙腿發軟，嗚嗚哭著，往廁所走去，用掃把抵開了廁所門，探頭去看，空的；看了看浴缸，也是空的。

「喀……喀……」更大聲了。

小莉到了客廳，想逃出屋求救，才走兩步，那喀喀聲陡然變大，像是從身邊發出來的一般，將小莉嚇得大叫，往後頭一彈，撞在牆上。

客廳擺放了幾箱還沒來得及整理的書，和桌子、椅子、一台電視等等。

他會躲在哪裡？

「曹主任……是你嗎？」小莉嗚咽發抖問著，沒有人回答，但那一陣一陣的喀喀聲卻越來越大，像是從四面八方傳來。

耳中的音樂不像淡水那晚是恐怖音樂，反倒是清新小曲，此時聽來格外諷刺，更讓這小屋裡增添了詭異的氣氛。

「對不起……對不起……我不是有意詛咒你的……請你原諒我……嗚嗚……」小莉害怕哭著，又往前走了幾步，看看電視櫃，電視櫃半透明，裡頭裝著的都是些ＣＤ光碟，藏不了人。

「喀喀……喀喀……」聲音就在腳邊。

小莉的心臟猛烈撞了幾下，她佇在沙發前，沙發旁有一小盆盆栽，和一大簍廢紙簍。

聲音是從沙發底下發出來的。

小莉雙腿一軟，往後退著，撞在茶几上，她尖叫著，用掃把柄朝著沙發底猛刺。

裡頭果然有東西。

喀喀聲卻突然停止了。小莉三步併作兩步，衝到了門前就要開門，轉了幾次打不開，這才想起自己方才是用鑰匙上的鎖，要用鑰匙才打得開。

小莉慌亂地摸著身上，鑰匙上哪兒去了？口袋裡只有那十字架，哪裡有鑰匙？小莉鼻涕眼淚流了滿臉，四處看著。

鑰匙在沙發和茶几之間的地上。

小莉看到了鑰匙的位置，發出了絕望的啜泣聲。

她靠在門邊猶豫著，等了足足五分鐘，一點動靜也無，零時頻道的音樂也始終未變，其實沙發底下沒有人？還是已經死了？

小莉牙齒打著顫，害怕地走去，漸漸往茶几靠，試圖伸手去搆那鑰匙。

她低下頭，讓自己的視線專注在鑰匙上，努力不去瞧沙發底下。

那根掃把還橫擋在地上，隨著小莉手不停伸去，掃把猛地抖了一下。

小莉全身一震，本能地朝掃把深處看去，掃把深入沙發底，握柄就插在曹烏龜臉上沒有眼珠的眼窩上。

曹烏龜卡在沙發底下，一張臉朝著外面，臉上滿布傷痕，嘴角微笑著，靠著外頭的手還拿著剪刀，剪刀幾乎嵌入手上的骨肉，形成了奇怪的形狀。

「呀——！」小莉發出了淒厲的尖嚎，手已經抓著了鑰匙，全身往後彈。

小莉正欲往門衝去，沙發一角已然微微揚起，像是給底下的曹烏龜用手撐起來一般。

巨大的恐懼讓小莉崩潰，顫抖的手握著鑰匙卻插不進鑰匙孔，她尖聲吼叫著。

喀啦一聲，沙發整個給掀翻。

一個人影歪歪扭扭倚著那豎起的沙發，正是那雙眼只剩下空洞、耳朵沒了、鼻頭肉沒了、臉上坑坑巴巴的曹烏龜。

曹烏龜右手拿著剪刀，剪著左手大拇指，左手另外四隻指頭都讓他自己給剪去了。

「呀啊啊啊啊！」小莉瘋了似地嚎著，總算將鑰匙插進了鑰匙孔。

曹烏龜嘻嘻笑著，歪歪扭扭走來。

「肚……子……餓不……餓……啊……」曹烏龜口裡像是含了濃痰一般，含糊說著：「我請……妳吃……東西……」

曹烏龜邊講，竟用左手那剩下的大拇指，摳住自己的下嘴唇，用力一扯，拉了頗長，一剪刀剪去，剪下了自己的下唇，嘿嘿一笑，往小莉拋去。

「哇！」小莉讓曹烏龜的下唇扔中，像給子彈打中一樣，全身的汗毛都要豎了起來。小莉幾乎要讓這慘烈動作嚇得昏死過去，她尖叫著，總算開了門。

曹烏龜嘻嘻笑著：「我……請妳……吃東西……妳也要……請……我吃……東西……」

曹烏龜邊說，空洞的眼窩竟像是看得見東西一般，往小莉方向走來。

「走開啊！」小莉大叫救命，將手上的水果刀往曹烏龜扔去，打開了門，就要往外頭跑。

曹烏龜不知何時已來到了小莉身後，趁著小莉關門當下，一手伸出門外，讓小莉關門一夾，砰地好大一聲，骨頭應當都夾斷了，但卻沒聽曹烏龜吭一聲，反而還嘿嘿笑著，右手的剪刀一開一合，發出了「喀喀」的聲音。

小莉已在屋外樓梯間，一面尖叫求救，一面用身體死抵著門，但終究抵不過曹烏龜的怪力，曹烏龜又伸出了握著剪刀那隻手，擠了擠，將頭也擠了出來，跟著是半邊身子。

曹烏龜嘿嘿笑著，臉上兩個暗紅色的大窟窿還淌著血，十分嚇人。

小莉放棄擋住鐵門，轉身朝電梯逃，猛按了幾次下樓鍵，電梯仍該死地停在好幾層樓下。

小莉轉向一旁的樓梯往下跑，拚命地跑，後頭曹烏龜死命地追。

下了樓，往大街跑去，小莉蹣跚跑著，拉住了個路人哭著，結結巴巴說不出所以然，路人見小莉披頭散髮哭叫，只當她是瘋子，趕緊走了。

小莉回頭只見曹烏龜鬼鬼祟祟躲在電線桿後朝著她笑，不知怎地，四周行人似乎只看得見自己狼狽模樣，卻誰也沒瞧見那可怖的曹烏龜。

零時頻道的音樂像是不會停似的，一直迴盪在小莉耳中。小莉擦著眼淚，往前跑著，跑向離這兒最近的警局。

「零時頻道新聞快報，從瘋人院脫逃的瘋狂中年男子目前在和平東路一帶流竄，他現在……」零時頻道的女聲說了個路段名稱，小莉心中一驚，照頻道播報的位置，曹烏龜已經跑到了自己前頭等著。

小莉只得轉向，無助逃著，零時頻道一段一段不停插播著新聞快報，全是曹烏龜目前所在位置，小莉不停地改變逃亡方向，身體疲累不堪，此時已是深夜，行人十分稀少，她不停跑著，四周越來越冷清荒涼。

這裡是哪兒？小莉躲在一條巷子口，附近有些熟悉，卻又記不太清楚是哪兒。

她看了看老巷子裡的門牌，記著現在身處位置，零時頻道的聲音又在耳邊響起，報出曹烏龜位置，果然已經追到了自己所在的這條巷子。

小莉絕望跑著，眼前那建築物十分熟悉。

是白天來過的教會。

轉頭，曹烏龜已經張大了口，揮動著手上剪刀。小莉左右看著，四周幾乎沒有可供躲避的地方，只得進了教會，猛力關上鐵門。

曹烏龜撲上鐵門，用剪刀在門上劃著，劃出了淒厲尖銳的摩擦聲。

小莉背靠著門，門已反鎖，她渾身發抖，哭也哭不出，叫也叫不出了，絕望蓋過了一切。教會大廳裡黑暗一片，只有窗外隱約射進來的光芒，小莉在口袋裡掏著，掏出了那十字架，緊緊捏在手上。

一陣鈴聲劃破了這恐懼，小莉在身上掏著，從口袋掏出了方才用來Call-in的手機。

「喂！喂！是小莉嗎？小莉？」小莉陡然醒神，電話那頭是阿哲的聲音。

「阿哲！」小莉彷彿抓到了救命浮木一般，大聲吼著：「救我！」

「妳在哪裡？發生了什麼事？」阿哲驚訝問著。

「救我！」小莉哭叫著，說出了剛才記下的路名，和這教會的名字。

「呀！」小莉只覺得耳朵一陣劇痛，零時頻道的音樂突然暴響，嚇得她手上的手機都落了地。

「噝——噝——」

小莉撿起手機，按著報案電話，卻怎麼也撥不出去。

「噝——噝——」這奇異的噝噝聲再次響起，小莉停下了動作。

她喘著氣，看著四周，門後仍傳來喀喀聲和剪刀劃門聲，反而讓她確定曹烏龜的位置，而減少了那不知從何而出的恐懼感，但這新的聲音又是什麼？

「到底要我怎樣……到底要我怎樣……」小莉絕望喃喃著，黑暗大廳一角多了個人影。

長髮披肩的女人坐在一張鐵板凳上。

是蕙姊。

小莉的呼吸幾乎要停止，背後的刮門聲還不停響著。

「對不起……蕙姊……對不起……」小莉全身癱軟，再也沒有力氣了。蕙姊的身影仍坐在板凳上，背對著小莉，背部不停起伏，發出了嘶嘶的喘息聲。

「蕙姊……我……我對不起妳……」小莉嗚咽哭著，聲音沙啞。

蕙姊背部起伏愈趨加大，嘶嘶喘息聲也更嚇人了，小莉想起了夢中蕙姊氣喘身亡的模樣，是那樣激烈可怖，臨死前的眼神是那樣怨毒。

蕙姊回過了頭，看著她。

小莉緊閉上眼，不敢看蕙姊的眼神，她全身癱軟，再也沒有力氣逃跑了，這教會大廳黑壓壓的，外頭的曹烏龜還用剪刀劃著門，哪裡也跑不了了。

她聽到了蕙姊的腳步聲，蕙姊的喘息聲漸漸逼近。

小莉身體縮成了一團，手裡的十字架暖呼呼的。

背後的劃門聲變成了撞門聲，轟隆隆撞著，小莉感到背後傳來的撞擊越來越大，將自己都震得動了。

蕙姊的喘息聲更大了，也更近了。

小莉緊閉著眼，喃喃祈禱著，手上的十字架更熱了。

臉上有陣癢癢的感覺，同時有股腥臭氣息吹來，小莉反射性地伸手去撥，摸到了蕙姊的臉。

她心中想到的是，蕙姊靠她極近，對著她的臉吹氣。

「嗚！」小莉猛一驚嚇，尿都漏了出來，往後一倒，緊握著發暖的十字架。

轟隆一聲，門給撞開了。

小莉始終沒睜開眼，蜷曲倒臥在門邊地上，手心中的十字架都插進了肉裡。

曹烏龜的笑聲嘎啞難聽，剪刀喀喀作響，一步步往她逼近，蕙姊的喘息聲亦然愈趨靠近。

小莉不敢睜眼，也無力逃跑。她聽見了蕙姊和曹烏龜同時接近她的時候，似乎發生了爭執，曹烏龜的剪刀激烈地響著，蕙姊則發出了駭人尖叫。

跟著是打鬥的聲音，曹烏龜的叫聲不遑多讓地令人害怕。

小莉仍閉著眼，盡可能往牆邊靠去，手中的十字架不但溫熱，且似乎發著淡淡光芒，像是一面微弱的保護障，分散了兩個凶厲惡魔對小莉的注意力。

從聲音聽來，曹烏龜和蕙姊的爭鬥慘烈而駭人，凶烈的尖嚎此起彼落，小莉記起以往在公司時，最愛和曹烏龜唱反調的，除了自己之外，便是蕙姊了。

畢竟蕙姊也曾受過曹烏龜刁難，之後升了幾級，總算和曹烏龜平起平坐，儘管在公司甚少摩擦，但兩人形同末路的相處關係，大家也都清楚看在眼裡。

此時的激烈爭鬥，反而像是昔日辦公室的積怨一股腦地爆發出來一般。

只聽見喀喀幾聲，蕙姊尖聲慘嚎，像是身上有些地方給剪去了；曹烏龜也隨即大吼著，他身上有些地方似乎給蕙姊撕裂開來，發出了啪吱的撕裂聲。

小莉仍不停祈禱著，那淒厲慘殺的打鬥聲漸漸小了，勝負似乎分了出來。

勝的是曹烏龜。

小莉臉前一塊東西砸下，濕黏腥臭的漿汁濺了她滿臉，這才不得不睜開了眼，蕙姊的腦袋就落在她眼前，眼睛還瞪得老大，直直瞪著她瞧。

曹烏龜左手按著蕙姊那沒有頭的脖子，右手的剪刀高高舉起，像是在宣示勝利一般。

「哇呀！」小莉的尖叫聲重新竄起，連忙掙起要逃，雙腿卻一點力氣也使不上來。

曹烏龜拋下了蕙姊那無頭身子，撲上小莉，將她壓倒在地，用那只剩拇指、幾乎不像是手的左手，壓住了小莉胸口；而握著剪刀的手，則緩緩舉起，在空中晃了晃，慢慢地，慢慢地往小莉眼睛湊了上去。

「妳要……請我吃……哪裡……？」曹烏龜渾濁不清地說著：「還是……妳嫌我……請妳……不夠多……？」

曹烏龜這麼說著，竟又一刀剪下了自己上唇，血噴了出來，濺了小莉滿臉，那沾滿血的腥臭上唇落在小莉臉上，彈了一下。

「不要啊啊！」小莉嚇得全身抽搐，發狂哭吼。

碗的一聲，曹烏龜身子似乎受到了撞擊，往一旁倒去。

「小莉！」「怎麼會是他！」宜婷和阿哲的聲音響起，小莉嚇得呆了，只見到一堆人闖了進來，阿哲和宜婷混在當中，其他全是警察。

警察們和阿哲、宜婷見了曹烏龜那恐怖模樣，全都嚇得雞飛狗跳。

曹烏龜怪吼著，舉著剪刀要去攻擊小莉，讓幾名警察合力壓倒，曹烏龜的力氣奇大，五、六個警察合力，總算制伏了曹烏龜，搶下他手上那染著腥臭黑血的剪刀。

小莉身子一軟，伏倒在地上喘氣，一點力氣也使不上來，只能抽搐哭著。宜婷看著模樣嚇人的曹烏龜，看了看地上蕙姊的頭，吸了口氣，暈死倒在了阿哲懷裡。

08 新的開始

警笛聲嗚起，警察擁了進來，小莉一問三不知，只說是本來在屋裡睡覺，曹烏龜闖了進來，一路追殺追到了這裡。

做筆錄的警員個個面面相覷，難以理解這個失去雙眼的瘋子，竟可以拿著剪刀摸上好幾層樓高的小莉住處，潛藏進去，攻擊女屋主，跟著又追殺了那麼長一段距離。

但這曹烏龜方才力大無窮，像是看得見似地與警察糾纏，也是大家親眼所見。

有經驗的警察一看蕙姊屍身，立時就判斷出已死去多時，只好推斷也是瘋了的曹烏龜幹的好事。

只有小莉心知肚明，這是當時零時頻道所說，小莉要付出的「代價」，至於零時頻道究竟有什麼樣的魔力可以使預言成眞，那是小莉怎麼想也想不出來的了。

小莉仍然癱著，阿哲一手擁著宜婷，一手拍著小莉的肩，親疏已明顯分出。

原來阿哲和宜婷兩人彼此喜歡著對方已有一段時間，但也不是笨蛋，自然感覺得出小莉的異樣，淡水一遊回程中，那異樣氣氛更明顯了，阿哲和宜婷都心裡有數。

週日，宜婷連續撥了幾通電話，卻聯絡不上小莉，她不知道小莉當時在外頭遊魂似地亂逛，一直到了晚間，仍然聯絡不上小莉，這才漸漸感到不妙，約了阿哲，心想買點吃的一同探望小莉，深怕小莉一個想不開，出了什麼意外。

直到了深夜，阿哲和宜婷不停地接力打著電話，卻怎麼也打不通，而那唯一打通的電話，是小莉進了教會之後，緊握十字架祈禱之時，是否是神恩，就不得而知了。

得知了小莉受困地點的阿哲，自然是報了警，帶著大夥一同來救小莉，本來阿哲和宜婷只當小莉遭到了綁架，豈知教會裡頭，竟上演著這慘絕人寰的殺戮戲碼。

漫長的一夜終於過去了，隔天天明，小莉自醫院病床坐起，窗外艷陽高照，一切似乎都結束了，那棘手的案子全交給了警方去傷腦筋，小莉並沒有透露跟零時頻道有關的任何一個字。

小莉靜靜坐在病床上，看著窗外，靜靜看了一天，看著窗外夕陽落下，慢慢入夜，她坐立難安，她擔心著宜婷和阿哲仍然逃不過死亡詛咒。

要是兩人受了自己的詛咒而死，她可要內疚一輩子了。

時間一點一滴過著，病房門突然被推開，小莉嚇了一跳，看到阿哲和宜婷相偕進來，還拎著大包小包的食物，這才鬆了口氣，知道自己多心了。

這天之後，小莉生了一場大病，足足在醫院休養了兩個月。

由於受了過度驚嚇，小莉時常作著惡夢，日間也時常恍惚離神，經過很長一段時間的心理治療，總算才漸漸好轉。

好不容易出了院，小莉意興闌珊地回到公司辦了離職手續，和大家道別，且搬離了本來住的地方，她在那兒有著永生難忘的恐怖經驗，一進屋裡就想起那晚曹烏龜剪唇模樣，無論房東怎麼挽留，也住不下去了。

零時頻道沒有食言，小莉第二次發表「想見到的事」與前一件「想見到的事」互相抵銷，後者「希望兩人平平安安」抵銷了前一夜「車毀人亡」的詛咒，小莉也如零時頻道所說的，付出了「代價」。

代價便是一個讓她魂飛魄散、永生難忘的恐怖夜晚，和事後長達兩個月的重病，失去了一份工作和住得十分習慣的屋子。

當然，她也換回了兩個要好的朋友。

小莉每每回想，這代價似乎沒有想像中來得嚴重時，想來想去，也想不出所以然，是那銀亮的十字架？還是自己當時Call-in時要求那句「要他們不要出車禍、不要出意外，要平平安安的，做我一輩子的朋友！」

要和阿哲和宜婷做一輩子的朋友，便要活著，死了就不能做朋友了，零時頻道爲了完成聽眾的Call-in請求，所以做出了最精準的處置？

小莉不敢深想，也不想深想，在那之後，再也不聽廣播了。她購入了沒有廣播功能的ＣＤ隨身聽，每天聽著以前從未接觸過的搖滾樂曲。

這日，初夏時節，距離驚魂夜那晚，已經過了半年。

小莉穿著T恤牛仔褲，在一家餐廳門前，對著趕來的阿哲和宜婷招手。

小莉頸上掛著一條項鍊，正是當時的銀亮十字架，她出院後，去配了條鍊子，將十字架戴在頸上，洗澡、睡覺也不拿下。

小莉重新找到了一份工作，是家小公司的企劃人員，待遇普通，工作環境卻十分舒適，老闆年輕明理，公司裡也沒有像曹烏龜那樣仗勢欺人的壞上司，或是像蕙姊那樣刁鑽折磨人的主管；同時，小莉也找到了一間新住處，在新北市，房租比起以前市區便宜了些，也老舊了些，但附近街坊熱情許多，一早樓下就堆起一攤攤的攤販小吃，讓小莉覺得熱鬧不孤單。

最重要的，她認識了她現任的男友，是個傻愣愣、胖乎乎的大男孩，男孩高壯老實，讓小莉有著前所未有的安全感。

在生活重新上了軌道之際，小莉也不忘找時間和宜婷、阿哲相約，同聚用餐。

宜婷看來幸福美滿，阿哲也發福了些。

「哈！原來你們訂婚了也不告訴我！」小莉佯怒，輕捏著宜婷臉蛋。

「一個禮拜前才決定的，訂婚酒席都還沒辦呢！」阿哲苦笑著聳肩：「妳也沒說妳交了男朋友啊，而且也沒帶來。」

小莉哼了一聲：「帶來幹嘛，他沒你帥，帶來讓你們看笑話啊！」

三人聊著聊著，聊起了許多瑣事，小莉這才得知曹烏龜仍給關進了療養院，全身癱瘓動也不能動，當時他的胸口破了個大洞，傷及心肺，竟然沒死，也算奇蹟了。

小莉想起了當時曹烏龜和蕙姊激烈打鬥時，聽見的那陣撕裂聲，原來是曹烏龜胸口被撕了個大洞，小莉吞了口口水，心中餘悸猶存。

小莉不忘叮嚀著阿哲：「宜婷是我的好妹妹，你可不要辜負她，否則我衝進瘋人院，把曹主任挖出來，拿著剪刀去對付你！」

阿哲哈哈笑著，但一想起曹烏龜那晚模樣，仍不免打了個冷顫，曹烏龜的「人樣」他只見過一次，是在面試的時候，之後兩次，都是臉上淒慘無比的「鬼樣子」，他揮了揮手：「我去上個廁所。」

小莉嘿嘿笑著：「是啊，趁現在保管好啊，你如果敢辜負宜婷，小心剪了你。」

小莉說完，和宜婷一同笑著，窗外陽光燦爛，一切都完好如初。

宜婷喝著飲料，模樣看來十分幸福，至少要比和前任男友交往時那動輒落淚的樣子，要幸福太多太多。

小莉見了，滿心祝福，只替她高興，心中一點妒忌或介意也沒了，因爲她現在身邊，也縈繞著同樣的幸福感受。

「小莉，妳現在還聽廣播嗎？」宜婷問著。

「不聽了，我很久沒聽了。」小莉有些奇怪：「妳問這個幹嘛？」

宜婷神色古怪：「前兩天我在公司加班，音響播放ＣＤ的功能壞了，我閒著無聊轉去廣播，有個頻道的音樂好好聽！但是好奇怪，當時阿哲在上廁所，他一回來，頻道的音樂就聽不清楚了，全都是雜訊聲。」

「別聽！」小莉瞪大了眼：「千萬別聽，以後也別聽！」

宜婷有些驚訝小莉這般反應，卻也不知該說什麼，扯開了話題。

直到阿哲出了廁所，三人又聊了一會兒，用完了餐，這才道了別。小莉臨走前，還不忘拉了拉宜婷的手，叮嚀著：「千萬別聽那個頻道，要是聽到了，趕快關掉，千萬別聽。」

「千萬別聽！」小莉看著宜婷和阿哲相偕離去的背影，不自覺地握緊了胸前的十字架項鍊，喃喃唸著：「千萬別聽……」

宜婷不忘轉頭揮手道別，她有沒有將小莉的話記在心上，且照著做，沒有人知道。

惡魔神像

01 女神降臨

一班公車停下，阿立下車，他佇在站牌前左右張望，深深呼吸，這地方是個不起眼的小鎮，是他自小長大的家鄉。

阿立就讀外縣市的大學，和幾個同學在當地分租一間老舊公寓，平時並不常回家，本來他計畫這個暑假至少要安排兩份打工，好賺取一筆能夠讓他換新電腦的錢。

但他接到了弟弟小安的電話，小安和他相差了十歲，他相當疼愛這個弟弟，電話中的小安像是受到了極大的驚嚇，講話結結巴巴、語焉不詳，但阿立感覺得出來小安碰上了麻煩，且這個麻煩還不是普通的麻煩，似乎是家庭問題，是阿立父母之間發生的問題。

阿立只得暫時將打工計畫擱置，匆匆返家一趟，在不算短的車程中，他胡思亂想著各式各樣的情況，是什麼原因讓一向如膠似漆的爸媽失和？抑或是有其他狀況，負了債？生了病？

最後他非常希望只是小安誘騙那個疼他的大哥返家的惡作劇，若是如此，他會氣乎乎地賞小安一記過肩摔，當然不是眞的摔。然後再帶這個弟弟上小鎮的游泳池，痛快地游上一整天，再帶著一整顆西瓜，到後山上那排廢棄的公寓樓頂，向下眺望整座小鎮，他會當著小安的面，使出他拿手的赤手劈瓜這項絕技，將西瓜一剖為二，讓小安拍掌歡呼。

阿立進入街邊的便利商店，打算順便帶些零食回去，便利商店的女店員是他從小到大熟識的鄰居，比他小三歲，是個俏皮可愛的高中生，叫作小萍。

「你放假回來啦？」小萍向阿立打著招呼：「交到女朋友了沒？」

「快了快了——」阿立哈哈笑著。小萍家與他家只相隔一條街，有許多年的時間，小萍在阿立眼中只是個聒噪的野ㄚ頭，一直到兩年前小萍上了高中，開始懂得打扮，言行舉止也與過去漸漸不同，阿立這才驚覺，以往那個野ㄚ頭，竟漸漸地搖身變化成傳說中的正妹了，但爲時已晚，當時小萍已經交了男友，這使得阿立頗爲失望，近水樓台這麼多年，卻沒能摘下月兒。

此時的小萍看來又比幾個月前更加成熟了些，她正一步步往女性生理價值最極致寶貴的那個階段邁進，猶如一朵即將綻放的美艷花朵，這樣的極致狀態會維持上好幾年，小萍樂觀又外向，隨著眼界增長，想必會結識更多人，其中也包括了各式各樣不同的男性朋友，他們會……

「唔，實在太可惜呀！」阿立將一包洋芋片捏得嘎吱作響，額頭上的青筋都冒了出來。

「喂，你在幹嘛啊？」小萍遠遠朝著阿立喊。

「沒有……」阿立尷尬一笑，又挑了幾包零食和飲料，這才返回櫃檯結帳。

「你剛剛說什麼可惜啊？」小萍一面結帳，一面隨口問。

「沒啦，是想起一些往事。」

「什麼往事啊？」

「妳記不記得以前有一次，妳太頑皮，妳媽要處罰妳，結果妳躲在我家樓頂水塔上不敢回家？」阿立這麼問，那時他在頂樓玩，不斷聽見一陣奇怪的啜泣聲，經他和鄰居朋友一番尋找，這才發現那個躲在水塔上抽噎哭泣的小萍。當時阿立大約九歲，而小萍才剛上小學。

「哈！你提這個幹嘛？」小萍掩著嘴笑。

「沒啊，我只是怎麼也沒想到當初那個流著鼻涕的小丫頭，一下子就變成大正妹了，不禁感嘆人生無常……」阿立這麼說。

「上了大學，講話都開始油嘴滑舌了。」小萍將零食一一裝進塑膠袋裡，看了看收銀機上的數字，說：「兩百四十三……啊對了，你是『花』還是『瓶』？」

「啥？」阿立愣了愣。

「對了，你剛剛回來，應該還不知道……」小萍眼神中流露出幾絲期待，她從口袋裡取出一張彩色列印的圖像，圖像裡是一尊女性瓷像，那瓷像製作精美、栩栩如生，左手拿著一只瓶，右手捏著一朵花，昂頭向上，雙眼半閉。

阿立可不是古物鑑賞家或名流藝術家之類的，他一向對這些得小心翼翼呵護照料的古董名器沒多大興趣，其實在他這個年齡的年輕人，會對這類藝術品感興趣的，也是少之又少。

「嗯，很有感覺。」但阿立還是裝出一副見多識廣的樣子，仔細地品味，事實上，那瓷製女人像確實造得絕美非常，且不會太與時代脫節，若是送阿立一尊，他也願意將之擺在住處最顯眼的地方，每日欣賞。

「你覺得花漂亮還是瓶子漂亮？」小萍問，她指了指那張彩色列印的女人瓷像上左手的瓶和右手的花。

「都很棒，這個瓶子超精緻的，花也……超精緻的……」阿立當然不懂得欣賞這類藝術品，什麼年代、風格、造工，乃至於該產地文化民情等等自是一概不知，此時當然也只能隨口瞎掰些諸如「超精緻的」這樣的形容詞。

「如果讓你挑，你要挑哪一邊？」小萍嘻嘻笑著，她補充說：「你不覺得，『梅娜女神』這半邊比較美嗎？」小萍將手掌按在圖像的左半邊，遮住了那女人瓷神像持著瓶子的半邊臉，以及胸口底下大半左半邊的身子，只使其露出右半邊身子。

「原來叫作『梅娜女神』啊，咦，眞的耶……」阿立連連點頭，他想也不想地附和小萍的話說：「經妳這麼說，我也覺得這半邊比較好看，嗯，難道是不同人做的嗎？還是技術上的問題？」他盡可能地發表一些意見，好讓自己顯得也很懂似的。

「不曉得耶，還在研究中！」小萍雙眼發出喜悅的光芒，她歡呼一聲，握住了阿立的手，說：「給你打五折喔。」

「呃！」阿立受寵若驚，他感到小萍彈嫩雙手緊緊握住他的手時，發出的那股青春熱情，他覺得猶如讓一百萬伏特的電流直直劈進他被握住的手，然後流灌進他的四肢和五臟六腑當中，不同的是，這百萬電流一點也不令他痛苦，而是令他相當地舒服、喜悅、開心，這是他生命至今，第一次被年齡相仿的異性這樣子握手。

是的，他是個從沒交過女友的大二男生。

怦怦怦怦！他的心跳得好快。

若要用「小鹿亂撞」來形容一個懷春少女讓她傾慕已久的男人握住了手的心情，那麼阿立這麼一個高大黝黑的大男孩，此時的心就好比有一萬隻發情的野山豬同時瘋狂奔騰、嘶吼。

「眞是不好意思……」阿立咧開了嘴，摸著頭笑，但他隨即將喜悅收斂，看著小萍更改結帳金額，問：「這樣好嗎？妳店長……」

「哈，這是店裡頭的規矩。」小萍笑著指指收銀台上那張女神圖像，說：「選擇花這邊的，就打五折喔。」

「哇，是週年慶喔？」阿立有些驚奇，又隱隱有些失落，他本以爲這是小萍特別給他的優惠，原來是這家便利商店的特惠活動。

「也不算啦，總之就是這樣……」小萍接過阿立遞來的鈔票，熟練地算錢找錢，又問：「你這次回來多久啊？」

「不知道我弟在搞什麼鬼，大概……會待個兩三天吧。」阿立簡單回答，倒不想要對此多說些什麼，倘若他家當眞發生了什麼事，例如父母失和什麼的，他當然也不好對外人提起了。

「阿立、阿立，你今天晚上有空嗎？」小萍將找零遞給阿立時，又拉了拉他的胳臂，期待地問。

「！」阿立再次地讓小萍的百萬電流激得一顆心狂豬亂舞，他瞪大了眼睛，驚喜地說：「當然有空……妳有什麼事？」

「嗯，我是想這麼久不見了，一起吃個飯，聊聊天什麼的，講講以前的事，像你剛剛提的往事，就很好玩啊。」小萍這麼說，還不等阿立回應，就隨手自收銀台角落的那小記事本上撕下半頁，寫上她的手機號碼，遞向阿立：「晚上打給我。」

「喔！好好──」阿立高興地說，但他想起了家裡的事，趕緊說：「不過我才回來，怎樣也得先和爸媽吃頓飯。」

「嗯，這是應該的啊。」小萍微微一笑，捏了捏阿立的手，說：「要不然，宵夜也行啊，或是明天晚餐也可以……」

「宵夜！」阿立這麼說，他又想起了什麼事，試探性地問：「不過，妳不是交了男朋友嗎？他不介意妳和男性友人單獨……」

「哈，我單身啦。」小萍呵呵一笑，說：「他是個混蛋，我們早分了。我覺得啊，男人還是老實一點好，就像阿立你這樣。」

□

阿立直到回到自家樓下，必須取出鑰匙打開公寓大門時，這才回了神，他臉上喜悅的笑容更加燦爛了，燦爛到……有那麼一些些的猥瑣。

小萍在說出「謝謝光臨」前的幾句話，一舉將他心中上萬頭瘋豬一下子都劈暈了，一隻隻笑咪咪地倒了滿山，呼嚕睡著，此時隨著主人清醒，那些瘋豬又要開始抓狂了。

「哦哦……回家眞好！」阿立不禁有種想哭的感覺，那是一種融合了回到故鄉和找尋到人生目標的感覺，他一面上樓，一面握緊雙拳，時而放開，抓抓頭髮，嘴巴不停發出嘖嘖的聲音，他快樂得想要大吼大叫。

「第一個女朋友啊……」他喃喃自語地來到了四樓家門前。

他取出鑰匙，注意力這才又重新聚合，他見到自家門旁牆上貼著一張傳單，傳單中的圖案正是那女性瓷像，但和他在便利商店中見到的小萍給他看的女性瓷像有些不同，這張圖裡的女性瓷像「只有一半」，是持著瓶子的那半邊，而本來持花的那半邊身子，被以拙劣的電腦修圖技巧給消除了，只剩下半邊身子的女性瓷像，整個身子齊中剖開，只剩下半顆腦袋、一隻眼睛、一隻耳朵、半個鼻子和半個嘴巴，頸部以下，也是只剩一半，腹部之下，是一隻腳踩著半塊底台。

而這左半邊的瓷像卻有另一個名字——貝娜女神。

「不是梅娜嗎？怎麼變成了貝娜？」阿立費力地看，才能將這張傳單看得清楚明白，因爲傳單上被以三種顏色的奇異筆塗得亂七八糟。他四顧張望，附近牆上還貼著好幾張相同的傳單，和更多的「傳單殘骸」，所謂的傳單殘骸，就是本來貼在牆上的傳單，被撕下之後，留在牆上的殘餘痕跡。

他再更仔細地打量一番，他發現原來這女性瓷像分爲兩邊，左半邊持瓶的叫作「貝娜」，右半邊持花朵的則叫作「梅娜」。

而從這些傳單張貼的雜亂程度以及上頭被塗寫的字樣可以看出，一尊瓷像的擁護者一分爲二，梅娜女神和貝娜女神的擁護者積極張貼歌頌己方的傳單，同時破壞、塗寫對方的傳單。

「這是怎樣？」阿立愕然地開了門，默默進屋，他察覺到一種難以言喻的奇異氣氛，客廳無人，他來到和弟弟共同的房間，將行囊放在角落，他看到弟弟小安蜷縮在雙層床鋪的下層床上，儘管此時天氣炎熱，但弟弟竟用厚重棉被將自己緊緊裏著，只露出一雙腳。

阿立在床沿坐下，在棉被上拍拍，棉被中的弟弟一動也不動。他感到有些不妙，喊著：「喂？你怎麼啦？」

「哥！嗚嗚——」小安聽了阿立的聲音，這才從棉被中探出頭來，一見阿立坐在床沿，趕緊撲抱了上去。

「哇，你幹嘛啊，熱死了，你身上好臭！」阿立推開了在棉被中悶出一身臭汗的小安。小安的雙眼浮腫，像是哭過許多次一般，被阿立推開之後，呆呆抱住膝蓋，哽咽哭著。

「怎麼啦？有什麼事跟哥說……」阿立摸了摸小安的頭，安慰著他。

「你別再逼孩子啦！」房外，一陣急促的腳步聲逼來，媽媽高聲嚷著。但她來到了房裡，見到床沿坐著的是一臉錯愕的阿立，這才露出笑容說：「是阿立啊，你回來啦，我還以爲是你爸那個瘋子……」

「媽——」阿立連忙追問：「發生什麼事了，爸怎麼了？」

「你爸他瘋了。」媽媽嘆著氣，揮著手說。她將阿立帶到客廳，盛了碗湯給他，先是問了幾句他在學校裡的近況，跟著才對他說起爸爸的事：「你爸腦袋秀逗了，他跟對面王先生打架，把人家打傷了，他自己頭上也縫了好幾針，我幫他求情，王先生這才不追究……」

「什麼！這……這怎麼可能……」阿立不敢置信地望著媽媽，對面的王先生一家和自己家是十多年的老鄰居，爸和王先生每隔兩、三個月，還會相約上溪邊釣魚呢。爸是個開明風趣的人，王先生斯文有禮，阿立無論如何也無法想像這兩個人打架打到頭破血流的模樣。

「因爲你爸褻瀆神明，他拜鬼啊——」媽媽放低了聲音，緊張兮兮地對阿立說。

阿立攤攤手，表示不明白。

「你記住，拿花的是神，端瓶子的是鬼。」媽媽煞有其事地說，她的雙眼滿布血絲，滿臉疲憊卻又有些亢奮，她拍著阿立的手，叮囑著他：「等等你爸爸回來，他跟你講什麼，你一句都不要相信，他會叫你跟他一起拜鬼，你不要聽他的……」

「啊？我不懂……到底是怎麼回事？我上次回來的時候，你們還好好的，怎麼突然……」阿立不解地問。

鑰匙開啓鐵門的聲音響亮透進客廳，是爸爸回來了，媽媽便同時住嘴，不再多說，她起身進入廚房，準備做菜了。

爸爸見到許久不見的阿立，詫異中也有幾分欣喜，他拍了拍阿立的肩，問：「你最近功課怎樣？」

「還過得去。」阿立回答。他見到爸爸的額頭上還貼著一大塊紗布，模樣有些憔悴，卻又有種難以言喻的亢奮感，阿立對這奇異感覺也不太陌生，那就像是他和室友熬夜看完一場球賽之後的模樣，但卻又強烈了數倍之多。

好似一個激昂的靈魂，驅使著一副衰弱的肉體一般。

「爸，你的氣色看來不太好，最近銀行工作很忙？」阿立刻意不去注意爸爸額上的傷，而是迂迴地問。

「亂講，我氣色好多啦！」爸爸揮手大笑說，跟著，他又神祕地一笑：「我辭掉了銀行的工作，專心做大事。」

「呃？」阿立訝然，爸爸在銀行工作二十多年，是中階主管，這兩年升任高階主管的機會可不小，前幾個月阿立返家時，還聽爸滔滔不絕地自吹自擂，說自己如何如何受到集團高層的賞識，有可能更上一層樓，因此這時爸爸的轉變，讓阿立完全無法理解。

「除了金錢和事業，人總是要追尋一些更崇高的目標、一些眞理，一個人的心中沒有這樣子的眞理，跟一具活死人、一個賺錢的機器，有什麼不同？」爸拍著阿立的肩膀勉勵他。

「嗯……」阿立點點頭，並沒有多說些什麼。爸這麼說，並沒有錯，但就是怪怪的，有一種脫離了現實的怪異感。

「哼。」媽媽將菜端上桌，斜斜看了爸爸一眼，發出一聲不屑的輕哼。

爸的神情從微笑迅速地轉變成猙獰，他暴怒一吼：「幹嘛？妳不服氣啊？」

阿立再度愕然，在他的記憶中，爸可從來沒對媽這樣吼過，他驚慌問著：「怎麼這樣對媽說話？」

「她什麼都不懂，不懂就算了，還吃裡扒外，幫著外人害我。」爸氣憤地說。

「小安啊，出來吃飯啦。」媽又端出幾盤菜上桌，一面招呼著阿立和小安吃飯，一面哀怨地說：「我哪裡吃裡扒外了，要不是我幫你說話，你以爲王先生他們這麼好說話啊？早報警抓你了。」

「嘿，讓他們報報看啊！」爸來到餐桌前入座，猶然漲紅著臉，拍著胸脯說：「我也認識不少警察局裡當官的，看到時候是誰抓誰。」他又指著自己的頭說：「況且又不是我打他，他也打我呀。」

「對面那個王八打的，你看。」爸這麼說時，望向阿立，將額上的紗布揭開一角，那是一道縫著數針縫線的傷疤。

「那個王八蛋龜孫子狗娘養的要是再惹我，我見一次打一次！」爸這麼說時，還刻意提高音量，回頭看著身後那面牆，彷彿要將這番話講給對面的人家聽一般。

「我還會殺了他！」爸大吼。

然後是一片寂靜。

媽媽默然地替眾人盛湯，小安神色青慘地扒著飯，阿立則猶如置身冰窖一般，手持著筷子僵凝在半空中，遲遲挾不下菜，眼前的爸他完全不認識。

「孩子這麼久回家一趟，你嚇著孩子了。」媽將一碗湯放在爸面前，對他這麼說。

爸這才收去震怒神色，吃起飯來，不時問問阿立學校生活。阿立像是被嚇飛的魂兒尚未返回體內一般，呆愣愣地跟眼前那個陌生的父親對話。

「你剛回來，應該還不知道貝娜女神降臨吧？」爸微笑地看向阿立。

「貝娜女神！」阿立心中一凜，原來爸爸是貝娜女神的擁護者，想來對門王先生一家則是梅娜女神的信徒了，自家門外那傳單戰況，想必是爸與對門王先生一家互相較勁的結果了。

「你千萬要記得，拿瓶子的是貝娜女神，另外一半是惡魔，是天底下最醜陋的魔鬼。」爸這麼說。媽的嘴巴動了動，像是想要講些什麼，卻沒有講出口。

「我以前都沒聽說過有這個神……」阿立聳聳肩。

「小安。」爸看向小安，小安抬起頭，神情茫然。爸對他說：「你背了這麼久，應該都記住了，說給哥哥聽吧。」

小安先是愣了一會兒，他苦著臉，看了看爸爸，又看看阿立，想是十分不願開口，但爸爸不停催促，且語氣中隱隱流露出怒意時，小安這才心不甘情不願地開了口：「西元——」小安唸出了個日期，那是距離此時大約半個月前發生的事。

「那是一個偉大的日子，貝娜女神終於解除了封印，降臨在人世間——」小安的語調僵硬，像是在背誦課文。

爸會在小安每背誦一到兩句時便示意他停下，跟著向阿立解釋這些如同偉人傳記一般的句子背後的含意，以及前因始末。

阿立默默地聽，他大概能夠了解這十幾天來，所發生的事。

□

那是鎮上一間冷清的圖書館裡的館員伯伯不知道從哪兒弄來了一尊精美女性瓷像，那伯伯將瓷像放在圖書館服務台一角作爲擺飾，起初這尊瓷像並不引人注目，偶爾注意到瓷像的人，頂多讚美幾句：「好美的女人吶。」「眞是漂亮。」

直到半個月前，不知是誰一個不小心撞著了瓷像，瓷像自服務台桌面摔落，竟齊中摔成了兩半，除此之外，一點碎渣、瓷屑什麼的都沒有，是完完整整的兩半。

在那一天，圖書館的館員們像是從瓦礫堆中發現了珍美的鑽石，他們發現變成兩半的瓷像的其中半邊，竟然比原先完整的瓷像更加耀眼美麗百倍以上，綻放出以往沒有的崇高氣質。

他們決定要將這變成兩半的瓷像盛大展出，要讓更多的人感受到這半邊瓷像的美，但他們的看法當中，卻有分歧之處，那就是被他們認作美麗的那半邊，是不同的半邊。

於是他們決定將美麗的那半邊和略遜一籌的那半邊一齊展出，且由兩邊意見不同的館員，替各自擁護的半邊瓷像取了名字，梅娜與貝娜。

館員們在圖書館裡各自挑選出的角落，陳列展示那兩個半邊瓷像，且在圖書館外架設起大型廣告看板，介紹右半邊持花的梅娜，和左半邊持瓶的貝娜。

兩個半邊女性瓷像的奇異魅力，就從這溫和小鎮中一處偏僻的圖書館開始擴散，與其說是擴散，更像是傳染，起初，那些見到廣告看板的人們會停下腳步，細心讀完看板上每一個字，然後他們會親自進入圖書館中欣賞兩尊半邊神像，然後他們會像是發覺了人生眞諦一般地出來，開始向他們的親友、鄰居介紹起這兩尊瓷像。

一傳十、十傳百，貝娜與梅娜的奇異魅力幾乎無人可擋，短短幾天之內，這純樸小鎮裡的居民幾乎人人都成了這兩個半邊瓷像的仰慕者，貝娜與梅娜也從本來一尊瓷像，搖身一變成爲了女神。

但和圖書館館員一樣的是，大家仰慕、認定的女神只有一位，並將另外半邊視作魔鬼。

「眞正的女神只有一半，是一個天大的陰謀，是凡人苦難的開始，或者說是一種考驗，就在女神降臨的同時，惡魔也悄悄地隨著貝娜女神偷偷降臨人世，謊稱自己也是神，她想要欺騙全世界，千萬不能讓她得逞……」爸爸推著眼鏡，正經說著。

「嗯。」阿立聽爸爸這句話便如同許多漫畫或是電玩情節的前言大綱一般，但爸爸的神情是如此莊重正經，有種難以言喻的詭譎感。

「惡魔就是……另外那半邊？」阿立問。

「沒錯，正是如此。」爸點頭。

阿立幾乎明白是怎麼一回事了，他知道家門外那些醜陋的傳單痕跡、爸和王先生的鬥毆，或是小萍店裡的折扣等等……

這個小鎮的居民瘋狂迷戀上一尊摔成兩半的瓷像，將其奉爲女神，弔詭的是，他們心目中的女神並不是那尊完整的瓷像，而是摔成兩半後的其中一半，更麻煩的是，大家心目中的「半邊女神」並不一致，不但擁護己方所愛的神像，甚至將另外半邊視爲魔鬼，欲除之而後快。

這樣的分歧愈漸明顯，雙方都害怕脆弱的女神像遭到對方某些激進分子破壞，因此派出代表協議後，在極度緊繃的對峙中，各自將己方的女神瓷像接出圖書館，向己方的大本營撤去。

「嗯，你要記住，貝娜女神手裡拿的是瓶子……要是有人要你去拜拿花的，千萬別理他，那些可悲的傢伙被惡魔騙了，甘願做惡魔的爪牙。」爸這麼叮囑著。

「我知道了……」阿立點點頭，他留意到媽媽雖未在爸爸這麼說時表示些什麼，但眼神中卻流露出些許不屑，他記得媽先前叮囑過的話，他感到前所未有的頭大——媽和爸信仰的女神像，也是不同的半邊，爸擁護貝娜，媽信仰梅娜，或許他們已經爲此爭執過許多次了，也許弟弟小安的惶恐與反常也是由此而來，爸要小安背誦〈貝娜女神降臨錄〉，那是鎮上某些貝娜女神信徒團體自行撰寫的篇章，爸也是那個團體的成員之一。

阿立從爸的口中得知，小鎮上和爸一樣辭去了原有的工作而投入各式各樣擁護貝娜或者是梅娜女神的團體的居民還眞不少。

□

阿立躺在床上，輾轉翻身，卻無法入睡。數小時前的晚餐過後，爸爸仍對家人講述著貝娜女神的「神蹟」，多半是哪個鎮民多年病痛，因為信仰貝娜女神而有了起色之類的。

媽的信仰雖然似乎與爸不同，但她並不與爸爭辯，只是偶爾在爸嚴重詆毀梅娜女神時皺了皺眉，做禱告狀，再不然就是在爸說得口乾去喝水時，或是洗澡、上廁所時，緊張地壓低聲音，叮囑阿立和小安，要他們將爸爸一番歌頌貝娜女神的「歪理」全部忘掉，要他們堅持住對梅娜女神的愛。

整個晚上，阿立和小安便在這樣詭譎的氣氛中度過，阿立終於能夠知道小安所承受的恐怖壓力為何而來了，但他終究較弟弟圓滑些，知道什麼樣子的答話聽來模稜兩可，不忤逆爸的大論，也不太貶低媽的信仰。

阿立曉得不到十歲的弟弟當然沒辦法和他一樣，這半個月下來想必十分煎熬，他心疼弟弟，卻更擔心他的爸媽，以及這座小鎮。

「哥……我好怕……」弟弟小安不知什麼時候下了床，在漆黑中踮著腳，拉著上鋪阿立的薄被子，窸窸窣窣地流著眼淚。

「別怕，哥會想辦法。」阿立於是去下鋪陪著弟弟，兄弟倆背靠著牆，並肩坐著。

小安用細如蚊蠅般的聲音說：「爸爸變得好奇怪……媽媽也變得好奇怪……哥……你會不會也……」

阿立拍了拍小安的頭，說：「絕對不會。」

02 梅娜女神的天使晚宴

「喂，小萍，我阿立啦。因爲昨天家裡有點事，不好意思啦。咦，今天晚上，好啊，幾點……」阿立仰躺在床上，笑容滿溢地結束了與小萍的通話，他心中那些昨晚被家中怪異氣氛嚇得大氣不敢吭一聲的野山豬群們，在清晨與小萍通電話時，一隻一隻又活了起來。

今天是個大好天氣，太陽很早就透過窗子照射進來，將昨夜累積的濃厚詭譎氣氛一掃而空，老爸出門得早，媽也在老爸出門後不久跟著外出。

「放心！事情沒那麼複雜，應該沒事啦。」阿立這樣子對自己和弟弟打氣喊話，清晨的艷陽讓他覺得充滿了希望，或許這一切只是個虛幻泡沫，什麼貝娜、梅娜，只是風潮罷了，風潮一過，到時候再也沒人記得這破瓷像了。

阿立依照先前的計畫，帶著小安上山遊玩，小安露出了許久未見的笑容，聽阿立講述各種從網路上聽來的古怪笑話，以及一些新上市的電玩遊戲。

大半個艷陽天，便這麼無風無浪地過去了。

在下山返家的歸途裡，小安不時抬頭看著漸漸黯淡的天，神情又陰鬱起來，倒是阿立卻對即將到來的夜晚感到興奮期待，因爲這表示更接近他和小萍的約會時間了。

「小萍也是梅娜女神的信徒，嘖……」這天之中每當阿立想到這一點，總也會感到些許不自在，但那又如何？自己媽媽也是梅娜女神的信徒呢。他不但沒有因為小萍也是梅娜女神的信徒而降低對即將到來的約會的興致，相反地，他覺得自己應該向更多人打探這兩個半邊瓷像的事，才能夠拼湊出更加接近眞實的情形，好讓他思考如何能夠幫助爸和媽。

「跟爸媽講，我晚上不回來吃飯喔。」他將小安送回家裡，交代了幾句話，只說和同學另外有約，便匆匆地外出，滿心期待地趕往與小萍約定的地點，是鎭上一座小公園。

「阿立，你好慢，我們等好久喔。」小萍坐在公園花圃彩磚邊緣，身邊還有另外三個年齡相仿的女孩。

「咦？」阿立來到小萍的身前，不禁有些遲疑。

「她們是我同學啦。」小萍掩起嘴笑說：「我們又不是男女朋友，單獨兩個人吃飯會尷尬耶，所以我帶我同學來啦，你以前也是讀我們學校的，她們算是你學妹囉。」

「嗯，沒關係啊。」阿立雖然聽了小萍這番有些掃興的話，但一點也不覺得不開心，小萍那三個同學當中一個長髮及腰、面貌清秀、身形高䠷，即便和電視上走秀模特兒相比，氣質也絲毫不遜色；第二個女同學個頭嬌小，足足比長髮女孩矮了近一顆頭，只及阿立的胸口，但一張臉蛋紅通可愛，像是熟了七成的蘋果一般；第三個女同學一頭鬈髮，是四人當中最會打扮的一個，扮相比同齡女孩成熟許多，卻又掩不住偶爾流露出的青春神色。

「呵……妳好、妳好……」阿立伸出雙手來迎接她們四人同時伸來的手，禮貌地握著，聽她們微笑介紹自己，高眺長髮學妹叫阿果、嬌小學妹叫作美秀、鬈髮學妹叫作小蓮。阿立有一種來到天國，被天使圍繞的感覺。

「嗯，有沒有想到去哪吃晚餐？」阿立摸摸鼻子，還能隱隱嗅到與她們握手之後殘餘的香氣。

小萍笑著指了指那高眺白皙的女孩說：「去阿果家吃火鍋啊，我們都已經準備好了，就等你啊，誰知道你這麼慢？」

「唔？不太好意思吧！」阿立像是一個上期中了頭彩，本期連莊的幸運兒一樣，他客套地表示猶豫，緊接著便問：「阿果是吧……阿果學妹家在哪？」

「在這附近。」阿果指了指不遠處，那是公園旁一棟八層樓高的高級住宅社區，算是這鎮上最高級的住宅區域了。

阿立吐了吐舌頭，不免有些羞愧，他最初見到小萍帶著三個同學，欣喜之餘還微微擔心自己準備的晚餐預算恐怕不夠，原來小萍四人早已準備得妥妥當當，他只要負責張口就行了。

阿立在四個標緻學妹的圍繞下，飄飄然地進入那高級住宅社區，他後悔自己沒有帶著數位相機將此情此景拍下留念，網路上眾網友習慣用「閃光」一詞來形容馬路上那些卿卿我我的年輕愛侶，意指令人瞧得刺眼。

此時他讓四個校花級學妹四面圍繞、簇擁著上樓，雖不是情侶關係，但渾身上下發出的光芒必定超過兩億燭光了，他心想要是能讓他另外三個室友見到當下情景，大概會將他們的兩顆眼珠子都給震得爆碎、整個人化成飛灰吧。

他們經過大門、中庭、電梯之後，來到了七樓，在一扇門前停下，阿果取出鑰匙開門，裡頭明亮寬敞，布置得精美華麗，儼然一副有錢人住家，室內空調開得極強，像是特別爲了在夏天吃火鍋而準備的一般。

「阿果她家做生意的，開了不少店，這裡是她舊家，她爸爸媽媽出國旅遊，她害怕一個人住，我們常常來陪她呢。」小萍這麼解釋。

「喔！就我們五個人吃火鍋。」阿立嚥了一口口水。

「對啊。」嬌小可愛的美秀噗的一聲跳上沙發，一雙腿在空中蹬了蹬，像是好動的幼羚，她說：「大人不在，還可以唱歌、打電玩，做什麼都行。」

鬈髮小蓮從冰箱中取出了半打氣泡酒，擺上一旁的餐桌，桌上備著豐盛的火鍋菜餚，那高級湯鍋中的湯水已經滾得噗噗作響。

小萍拉著阿立來到餐桌前坐下，阿果則替眾人在小碟中調製火鍋醬料。

阿立覺得剛才估算的兩億燭光應該是低估了，就算是歷朝皇帝也不過如此了。

在這當下，阿立腦袋裡的封閉機制自然而然地啓動，將他在外縣市的學業、弟弟小安的害怕、爸媽的失和、詭異的梅娜女神等全暫時封印遺忘了，在這當下，他誕生在世近二十年的腦袋瓜子裡頭此時只有一件事，那就是吃火鍋——

和四個校花級學妹吃火鍋。

沸騰的湯鍋咕嚕嚕地冒著泡，美秀將一盤盤食料菜餚撥進鍋中，小萍來到了阿立身後，輕輕地替他捶起了背。小蓮從肉盤上挾起一片肉，在沸騰的湯鍋中涮了涮，在托著的醬料碗中沾了些醬，她離阿立很近，將肉片挾近口邊嘟著嘴巴吹吹，然後湊近阿立口邊。

阿立的張開嘴巴，飄飄然地將肉吃下，小蓮還瞅著他笑。阿果在一旁待阿立將那肉片嚥下，便遞來一杯氣泡酒到他口邊，讓他輕啜兩口。小萍仍在阿立身後替他捶著肩，捏著頸子。

「喔呵呵……我好像在作夢，嘻嘻，我就像皇帝一樣……」阿立在吃下小蓮、美秀餵他的第二十六口食物，以及喝下阿果遞來的第十八口氣泡酒後，神智已經有些迷濛，語氣也增加了幾分輕佻。

四個女孩噗嗤一笑，小萍說：「因爲這裡是人間仙境啊，只要你追隨梅娜女神，天天都能這樣。」

「梅娜女神？」阿立聽到了這四個字，略微回神了些。

「是啊。」美秀搖著阿立的手說：「她是降臨人世的女神，是最美麗的女神，是人們的救世主，是最偉大的神。」

「追隨梅娜女神，你才能夠得到救贖。」小蓮微微笑著，挾起一塊肉，放入阿立口中，還替他抹了抹嘴角的醬汁。

「梅娜女神……就是拿花的那半邊神像嗎？」

女孩們點頭，阿果將晶瑩的高腳杯遞向阿立嘴巴。

「我覺得好奇怪，神像摔壞了，黏回去不行嗎？為什麼要……」阿立這麼問，順口就要湊近阿果遞向他的酒杯，但阿果將酒杯拿遠了些。

阿立見到長髮阿果的白皙臉龐一下子醬青起來，她的雙眉蹙在了一塊，眉心糾結，她的眼睛彷彿要噴出火來，她的嘴巴微微張開，像是要憤怒地指責，更像是要咬下阿立一塊肉。

「唔！」阿立陡然一驚，肅然端坐。

「沒事沒事。」小萍嘻嘻一笑，拍了拍阿立的肩，又拍拍阿果的手，阿果背過臉去，長髮遮住了她大半邊臉。美秀本來躺靠在阿立的腿上，替他捶腿，此時默默地坐起，僵著一張臉坐遠了些。

小蓮舒了口氣，又挾了一塊肉餵阿立吃下，這才說：「梅娜女神是至高無上的神，另外那一半，是萬惡地獄底下的惡鬼，一個在天，一個在地，光是相提並論，已經大大污辱了梅娜女神，何況是……何況是……你剛剛說的那樣呢？」

「不知者無罪！」小萍笑著說：「阿立才剛回到鎮上，什麼也不知道，就像是一張白紙一樣，還有救的……」

「嗯嗯……」阿立搖搖晃晃地站起身子，低聲地說：「我……我上一下洗手間。」說完便往廁所的方向走去。

他進了廁所，關上門，解開褲子小便，然後來到洗手台前旋開水龍頭沖手，他看著鏡子中的自己從一個變成了兩個，又從兩個變成了四個。

「唔！」他趕緊掬水洗臉，鏡中模糊的四個阿立才又變回了一個。他大力搖著頭，他不常喝酒，但總也曾與室友吃宵夜起鬨時乾下一兩罐啤酒，他對酒精的抵抗力雖然不高，但也不至於像現在一樣。

阿果餵他喝下那兩杯不到的氣泡酒，此時竟和兩杯高粱的威力相當。但又有些不同，他覺得眼皮重如千斤。

然後，他聽見了身旁細微的窸窣聲，嘶嘶、嘶嘶——

他轉過頭，身旁兩步遠的浴缸外有一片擋水的不透明塑膠布幕垂下，奇異的嘶嘶聲就從那布幕後發出。

「……」阿立皺著眉，強撐著使自己的眼皮不至於闔上，他開始感到事情不太對勁了，小萍是梅娜女神的信徒這一點，他昨日在便利商店時就知道了，但那又怎樣，他的媽媽也是梅娜女神的信徒。

但這個小鎮上的眞實情況，似乎超出了他的估算。他上前，揭開了浴缸紅簾。浴缸中躺著一個男人，男人只著一條四角褲，左手自肘以下，是一截斷骨；左大腿三分之二以下，一直到腳踝處消失了，只剩下一隻殘餘的左腳掌，躺在浴缸邊緣；他的右腿和身體也是分開的，斷腿斜斜地擱在浴缸下半段中，而男人大腿根的斷處焦紅一片，這就像是武俠小說當中以火烙斷肢來止血一般，且還緊緊綁束著數條醫院打針時會用上的橡皮圈。

在浴缸角落高處，懸掛著一只點滴，點滴接在男人的手腕上，藉以維持男人最後一口微弱呼吸。

阿立的喉間此時也只能夠發出嘶嘶聲了，他的身體虛軟無力，他覺得極度睏倦，搖搖欲墜，身子一傾，倚靠在牆邊，他用盡全身的力氣使自己不至於倒下，他有一種感覺，只要自己倒下了，應該會失去意識，失去了意識，很可能會變成浴缸中的那個男人。

他注意到男人向他張開了口，像是想要講什麼一般，但男人口中沒有舌頭，只能發出咿咿唔唔的聲音。

喀啦——那是廁所門鎖旋轉開啓的聲音。

阿立記得自己進來時確實有鎖門，但顯然外頭的女孩備有鑰匙。阿果和小萍進了廁所，阿果面無表情，手中還托著一只瓷盤，和一柄刀。

小萍笑著將阿立扶開了些，阿果則來到浴缸旁，蹲下，用手中那把刀在男人斷腿上割下一大塊肉，那腿早已和男人的身子分了家，也因此男人並不會痛，他只是怨恨地瞪著阿果，嘴巴一張一合不知在抱怨著什麼。

美秀也湊進來挑挑揀揀，還回頭埋怨阿立：「剛剛肉都被阿立吃掉了，多切一點啊。」

阿立感到天旋地轉，胃腹翻騰，他在心中埋怨自己剛剛爲什麼沒有發現那些火鍋肉片和「眞正的火鍋肉片」有些不同，但實際上那些肉片經過薄切，又加以冷凍，在盤上擺得有模有樣時，又有誰會多加留意。

尤其當四個學妹圍繞著他，溫柔地挾肉、餵酒、捶背、捏腿時，阿立的腦袋裡大概連九九乘法表都忘記怎麼背了，又怎麼會在意口中那微微不同於豬肉、牛肉的陌生血味呢？

男人猶自一張怒容，無聲抱怨個不停，阿果冷冷地看著他，伸手捏著了他的耳朵，割下，男人唔了一聲。

阿立也跟著男人唔了一聲，彷彿被割的人是他。

「這是阿果的前男友。」小萍對阿立說。

「他是惡魔的信徒，阿果感化不了他，只好跟他分手……」美秀扠著腰說。

阿果將前男友的耳朵放進盤中，然後以尖刀在前男友身上輕輕指著，那種神情，讓阿立想起他和室友在牛排館沙拉吧前挑三揀四的樣子，阿果的刀尖繞了幾圈，顯然沒找著合她口味的「部位」，她轉頭望向阿立。

「你有想吃的地方嗎？」美秀代阿果這麼問。

阿立搖頭。

三人將雙腿無力的阿立帶出了廁所，小蓮微笑著坐在桌邊，見阿立臉色慘白地讓小萍和美秀扶出，還訝異地問：「原來還醒著，大概是藥下得不夠重。」

「妳們……爲什麼？」阿立拖著虛軟無力的身子，被小萍扶到了沙發坐下。

「阿立！你家裡人追隨梅娜女神，還是聽信那個賤貨？」美秀拍了拍手，氣呼呼地問。

「當然是……梅娜女神……」阿立虛弱地回答。

小萍笑了笑，對著阿立說：「我知道你爸爸信仰惡魔，但你媽媽、你弟弟還有希望，再加上你，說不定可以扭轉你爸爸的想法。」

「好……我……我回去勸勸他，妳們先放了我……」阿立這麼說。

「口說無憑啊，何況……」小蓮拿了條毛巾，替阿立拭了拭額上的汗。「你現在也沒力氣回家了，說不定下樓梯一個不小心就跌死了。」

阿立仰靠在沙發上，覺得頭頂上的燈旋轉飛竄，四個女孩坐回餐桌，有說有笑地吃著火鍋，阿果拿著鋒利至極的刀，將瓷盤中前男友的大腿肉去皮切片，撥入鍋中。

四人聊得歡暢時，還不時撇頭瞧瞧阿立，像在取笑他此時的狼狽模樣。

天底下果然沒有這麼好的事——

阿立聽不清楚她們在聊些什麼，他吃力地睜著眼睛，但眼皮的重量逐漸加重，當他再一次闔上眼時，終於睜不開了。

□

他緩緩地睜開眼睛，陽光從窗透入，他愣了愣，掙扎著想要起身，但他很快地發覺自己全身上下只剩下一件內褲，雙手被一只手銬反銬在背後，且他的雙腳也給銬上了一副腳鐐。

阿立緊張地環望四周，眼前的玻璃桌上已經收拾乾淨，客廳靜悄悄的。他總算站了起來，跨著小碎步前進，但腳鐐還是發出了叮叮噹噹的碰撞聲。

「你想去哪？」阿果突然從房間中閃出，她手上還拿著昨晚那柄利刃，兩隻眼睛像是盯上老鼠的貓一般銳利。

「沒有……我……」阿立趕忙解釋：「我起來之後，很想看看梅娜女神的尊容，這間屋子裡，竟然沒有一張她的圖片，不是很奇怪嗎？」

「……你回到沙發坐下。」阿果先以銳刀指著阿立，直到他乖乖聽話坐下之後，這才來到電視機旁，按了按電視遙控器和ＤＶＤ播放機的遙控器，電視螢幕上出現了梅娜女神塑像的動態畫面，那是信徒拍下來的，還加上了歌頌女神神蹟的配音後製。

阿立看著那梅娜女神像，美麗歸美麗，但只剩半邊，自是說不出地詭異，但他見到阿果專注凝神，一面觀看還一面低聲祈禱，他便也嚷嚷著：「好美，眞的好美！我是第一次見到梅娜女神的電視畫面，天啊，太美了……」

阿果瞅了阿立一眼，神情中的敵意減弱許多，阿立見到這招有效，趕緊繼續說：「如果能讓我親眼見到梅娜女神的神像，我死也無憾了！」

「你眞心願意追隨梅娜女神？」阿果問他。

「當然，我不追隨梅娜女神，要追隨誰呢？」阿立這麼說。他並不是一個擅於說謊的人，但阿果似乎比他想像中還要來得容易上當，或許是這個鎮上還未受女神魔力影響的人已經不多了，人人都有著明顯的信仰傾向，阿立他只要表態，阿果也不疑有他。

「都是自己人，還綁著我幹嘛？趕快解開手銬，帶我去圖書館參拜梅娜女神！」阿立催促著。

「鑰匙不在我身邊。」阿果淡淡地說：「在小萍身上。」

「小萍她們呢？」

「她們要到晚上才會回來，她們還有任務呢。」

阿立無奈地坐回沙發，他的腦袋空白一片，只能夠靜靜地等，阿果將他歸進自己這派之後，對他親切許多，端來鮮奶和麵包，餵他吃喝，又拉了一件薄被讓他遮蔽只穿著一件黑色內褲的身體，跟著對他說起信奉梅娜女神的種種好處。

阿立當然完全順從阿果的意，比她更熱誠地歌頌梅娜女神，比她更義憤塡膺地怒罵貝娜女神，阿果露出的笑容也更多了，她偶爾撥動長髮，替阿立揉捏因爲反銬而僵硬疼疼的胳臂，這時的阿果顯得溫柔宜人，甚至讓阿立產生些許甜蜜滋味，但這樣的感覺很快地消失無蹤。

阿立想要上廁所了，他一這麼想時，昨晚浴缸中那個殘缺男人的畫面又浮現在他面前，那是阿果的前男友。

阿立一想至此，只好憋住了尿意，而接下來與阿果的閒聊，更讓他驚駭莫名。

這些天以來，這座鎭上每天都有各式各樣的小團體成立，目的當然是爲了擁護梅娜或者是貝娜，這些組織團體有大有小，有的成員多達數百人，有的只有兩、三人，有的團體四處廣發傳單，宣揚己方女神的好，或是與人爭辯，高談闊論，甚至於大打出手；而某些小團體，則採用更加激進的方法，來表示自己對女神的高度忠誠。

「我們一致認爲，和魔鬼的信徒沒有妥協的空間。」阿果這麼說。

她和小萍、小蓮、美秀就是這麼一個四人小團體，美秀沒有男友，小蓮的男友本來就是忠誠的梅娜女神支持者，阿果和小萍的男友都堅定愛戴貝娜，兩對男女因此決裂，爭吵不休，三天前，小萍的男友被誘騙到阿果的家中，遭到迷昏後勒斃，再來就是阿果的男友。

「我……是第三個？」阿立愕然地問。

「你不一樣。」阿果回答：「我們其實不確定你是否是魔鬼的信徒，但小萍和你家住得近，她知道你爸是一個堅定的魔鬼信徒，他是鎮上某個魔鬼組織裡的幹部。」

阿立深吸了一口氣，他父親在他心中的印象，一直都是一個開朗幹練的銀行主管，這次回來，他爸竟然搖身一變成了「魔鬼組織的幹部」，實在讓他感到匪夷所思，更應當說，讓他感到匪夷所思的，可不只他爸一個人啊。

「小萍還是將你約了出來，我們希望能夠得到一個夥伴，或是剷除一個敵人。」阿果笑咪咪地說：「看來，我們應該是得到了一個夥伴呢。」

阿立看到阿果這麼說時，笑容天真無邪，不禁感到毛骨悚然。

怎麼了，她們是怎麼了？大家都瘋了？該怎麼辦才好？

阿立呆了半晌，苦笑地點點頭說：「我剛回來……什麼都不知道，多虧了妳們……讓我發覺真理……」

阿果微笑看著阿立，突然眼眶紅了紅，低下頭，喃喃自語：「阿立，你真好……要是小志和你一樣，那就好了……」

「小志……」阿立嚥下一口口水。「就是……昨天我見到的那位……」

「他……他太頑固了，怎麼說都聽不懂，他崇拜那個魔鬼就算了，竟然還開口污辱梅娜女神，罵得……十分難聽。」阿果用雙手摀住了臉，靜默半晌，然後抬起頭來。此時她的表情和方才的溫柔素雅截然不同，那是一張猙獰的臉。

「不可原諒。」她站起，從桌邊拾起那尖銳利刃。快步走去廁所。

阿立聽見了廁所門喀啦開啓又砰然關上的聲響，他感到恐懼鋪天蓋地般地掩來。

怎麼辦？怎麼辦？怎麼辦？

他站起身，看著遠處那廁所門，再低頭看著自己給銬上腳鐐的雙腳，那腳鐐鎖鍊很短，他只能跳著走，那會發出響亮的聲音，若是讓阿果聽見了，她會知道他在騙她，她會知道他想要逃跑，她會拿著那把尖銳的刀追來。

阿立縱使比阿果高壯許多，但他的雙手被反銬在背後，雙腳也給鎖上腳鐐，和持著利刃的阿果完全無法抗衡，阿立想起那個叫作小志的傢伙的慘樣，忍不住打了個哆嗦。

三分鐘後，阿果從廁所步出，她身上衣物染得污紅一片，神情茫然。她經過客廳，上廚房拿了除臭劑和垃圾袋，又返回廁所，還向阿立苦笑地說：「都臭了，不能吃了。」

阿立覺得一股寒意從腳底板一路凍到天靈蓋，想來阿果的前男友應當在昨夜已經死去，經過了一晚上，會發臭也是正常的。阿立放棄逃跑，他心想自己既然表明擁戴梅娜女神，那麼暫時就沒有被殺害的理由。

好一會兒之後，他見到阿果來來回回地將分裝在四個垃圾袋中的小志提往後陽台。垃圾袋是半透明的，他隱約見到了小志迷濛的雙眼。

「唔……」阿立覺得有種快要崩潰的感覺。

「你怎麼了？」阿果出了後陽台，見他臉色難看，便這麼問。

「我……我……」阿立爲難地轉頭，動了動自己的雙手：「我想上個廁所，但是……手有點不方便。」

「啊，我都忘了……我……我幫你好了……」阿果先是一愣，接著紅著臉笑說，她扶著阿立，帶他前往廁所。

阿立一點也沒有興奮或是愉悅的感覺，他聞著廁所中濃重的屍臭味混合著芳香劑的味道，不停暗暗地乾嘔，他的腦袋全是那「四包小志」的模樣，他幾乎感覺不出阿果「幫他上廁所」的動作，直到阿果羞紅著臉對他說「好囉」，他這才僵硬地回答：「謝謝妳。」

這是惡夢嗎？

□

「各位，我們多一個夥伴了。」阿果興奮地向一一到來的美秀、小蓮和小萍這麼說。

她們四人將臉色慘白的阿立圍著，問了許多話，阿立一一回答，多半是對梅娜女神的觀感，和對貝娜女神的仇視，阿立的答案顯然令她們感到十分滿意，小萍取出鑰匙，解開了阿立的手銬和腳鐐。

阿立摸著僵硬痠疼的手腕，想到了什麼，問：「小萍，妳怎麼會有手銬啊？」

「手銬是我爸的，他是個警察，很遺憾地，他是魔鬼的信徒，我代替梅娜女神制裁了他。」小萍苦笑回答。

「原來如此。」阿立的聲音有些發顫。跟著，他取回了自己的衣物，穿上，和四人一同吃了頓晚餐，當然不是人肉火鍋，而是速食店買回來的漢堡和薯條。

「我得回家一趟，否則我家人會擔心的。」阿立這麼說。他在吃漢堡的同時，一面估算自己成功逃跑的機率，此時他的手腳沒有了束縛，只要拔腿奔跑，四個可愛的學妹想來是追不上他，但是他實在太害怕了，甚至擔心只要他一表現出想要逃跑的神情，眼前四個青春可愛的學妹背後就會竄出蝙蝠翅膀，飛撲上來咬碎他的肉、吸乾他的血，這是一種心理上的恐怖制約。

阿立見到四個女孩一齊望向他，趕緊這樣補充：「我想我可以聯合我媽，一起說服我爸，加入偉大的梅娜女神的陣營。」

「這樣就太好了。」阿果拍手說，昨晚的她和阿立互動最少，但今日與阿立相處半日，聊了數個鐘頭梅娜女神的好，餵了他兩餐，幫助他上幾次廁所後，反倒將他當成至交老友一般。

美秀反倒有些懷疑地問：「如果你讓你爸給說服了呢？」

「不會的！」阿立這麼說，他舉起雙手，指著電視機播放的梅娜女神的畫面，發誓一般地強調自己對梅娜女神的敬愛跟擁戴。

小萍嘆了口氣說：「如果是真的，那真的很好，但你爸爸看起來不像是會輕易被說服的人。」

阿果跟著說：「阿立，如果你無法說服你爸爸，那麼你應該替梅娜女神做些什麼……」

「我知道，我會親手殺了他。」阿立僵直著雙眼這麼說。

無論如何，他得先離開這個地方。

03 貝娜女神的狂歡聖地

只過了一天，情形似乎嚴重許多。

街上到處都是爭吵怒罵的聲音，到處都有梅娜女神和貝娜女神的擁護者隔著街對峙叫罵。阿立茫然走著，他想起爸爸曾說過，那瓷像摔成兩半，也不過是半個月前的事，兩方對峙的情形每過一天都變得更加激烈，似乎也不是什麼稀奇的事。

「阿立，你上哪兒去了？」媽媽看著門外臉色蒼白的阿立，趕忙將他拉進屋裡。

「沒事……」阿立搖搖頭，進了客廳，找了張椅子呆然坐下，他見到弟弟小安紅著眼眶，跪在角落拿著一本筆記簿子，專心讀著，他的臉上還有一個明顯的巴掌痕跡。小安一見到阿立返家，眼淚便落了下來。

「兒子，你有時間流眼淚，還不趕快寫吧，寫完才准睡覺。」爸爸端坐一旁，手裡還拿著一疊影印文件，上頭記載的大都是和貝娜女神相關的資料。

阿立低著頭要回房，也讓爸爸叫住了，爸爸將他招到面前，冷冷地問：「你上哪去了？」

阿立一時之間不知所措，他搖了搖頭。

爸爸突然起身，巴掌重重地砸在阿立臉上，爸爸憤怒地看著摀著臉、癱倒在地上的阿立，怒斥：「你是怎麼了？你以前不是這個樣子的，在外過夜也不先和我們說，你知道我和你媽有多擔心嗎？」

這是我想對你說的話吧！——阿立心中這麼想，但他只是伸出了自己的手，露出了手腕上的銬痕，喃喃地說：「我也想回家啊……」

「阿立，怎麼了？」媽媽趕忙過來將阿立扶起身，埋怨地向爸吼：「你不要這樣！」爸見到了阿立手腕上的銬痕，也愣了愣，重新坐下，問：「發生了什麼事？」

阿立低著頭，覺得應該撒點謊：「我也不知道……有人綁架我……要我擁護貝娜女神。」

「嗯？你拒絕他們，所以被關了一天？」爸爸先是愕然，然後冷冷地問。

「不……」阿立這麼回答：「我……一開始就順從他們，向貝娜女神的照片磕頭，要不然……他們也不會放了我……」

「他們是誰？」爸有些狐疑地問：「是狐狸他們，還是周大哥那票人？」爸舉了幾個自己熟識的組織首腦。

阿立搖搖頭，說：「好像叫『瓶子幫七十七號』什麼的……他們年紀跟我差不多大……」

「沒聽過……大概是新成立的吧，不錯、不錯……」爸歪著頭搜尋著這個阿立編造出的組織團體，他滿意地點點頭說：「年輕有為。」

「他們不停地質問我，不停地跟我說貝娜女神的偉大，我……我覺得他們說得很有道理，和他們聊了大半夜，喝了點酒，所以……」阿立茫然地說。

「孩子，爸錯怪你了……」爸將阿立扶了起來，憐惜地拍拍他臉上的掌印。說：「我以為你和惡魔那邊的人混了一晚，氣得睡不著覺啊。來，告訴爸爸，他們叫什麼？住哪兒？要他們加入爸的組織，一起商討大事。」

「……」阿立看著眼前已經無法用常理溝通的老爸，只好隨口胡謅：「阿六哥說他們有自己的方法，暫時還不想和別人合作，他們要用自己的辦法打倒拿花那一票，嗯……他們要我加入，我跟他們說要先回來問你的意見，他們聽過你的名字，就放我回來了……」

「好！好！」爸似乎感到有些得意，他歪著頭想了想，說：「那些年輕人不錯，不過你還是跟我一起比較妥當，明天我就帶你去組織見識一下。」

阿立愣愣地沒說些什麼，他瞥見一旁拿著抹布擦拭桌子的媽的眼角餘光瀰漫出一股怨怒。

「要是你弟像你就好了。」爸這麼說，又瞪了小安一眼。

「弟怎麼了？」

「我要他默背女神啓示錄，背了好幾天也背不起來，不用功的傢伙。」

「這樣好了，讓我來教他，先讓他起來吧。」阿立這麼說。

「好吧，那這小子交給你啦，別讓爸失望。」

阿立將弟弟帶回了房間，將門鎖上，弟弟乖乖地端坐在書桌前，一面擦拭眼淚，一面專心讀著筆記本子，上頭寫滿了貝娜女神降世的細節，和滿滿歌頌讚美的話語。

「……」阿立不知該對小安說什麼，只能摸摸小安的頭，說：「別怕，哥會想辦法……」

「哥……什麼時候……你才會想到辦法……」小安嗚咽哭了。

「你先聽爸的話。」阿立低聲地說：「哥想辦法，帶你和媽離開這裡，去別的地方，再想辦法把爸救出來治到好……」

「那……要快一點……」小安害怕地說：「媽說……她想要殺死爸。」

阿立默然無語，他想起剛剛向爸扯謊，對爸的話附和與讚美貝娜女神時，媽的神情透露出怨怒氣息，令他不寒而慄，但他卻無能爲力。

「放心，沒事的，爸和媽結婚這麼多年了，怎麼會爲了拜神殺死對方呢？」

□

一夜又過去了，這日白晝，爸並未出門，媽也靜靜地在廚房做菜，小安乖乖地在房中背書，一切就好似什麼也沒發生，但阿立從陽台向外看去，可以見到遠處幾條街上，豎起了巨大的旗幟，不同的旗幟分立在各個街口，鄰居們相隔著街互相叫罵，或是各自在自家陽台，與鄰近的鄰居激烈爭辯著。

阿立的爸現在對那些爭辯顯得興趣缺缺，那些都是零散的個體戶進行的口舌之爭，爸顯然有更重要的計畫要去實行，一整天都在反覆看著資料，不停地接聽或是撥出一通通的電話，時而興奮、時而神祕地講著。

到了近黃昏的時候，爸終於有了行動，他要阿立和他下樓，前往他所屬的組織據點，爸的組織有重大計畫將要宣布。

阿立坐上爸的車，爸發動汽車，他避開了某些梅娜女神勢力較為壯大的街道，盡量駛向那些偏向貝娜女神的地盤。阿立注意到爸的車身上有不少破損痕跡，他正想問這些破損是怎麼來的時，車頂上就發出了一聲巨大的碰撞聲。

「別怕，魔鬼的手下在攻擊我們。」爸皺起眉頭，憤怒地觀看左右，突然開窗，伸手握拳揮舞，喊著：「貝娜女神萬歲——」

四周街上傳來了附和的鼓舞聲，和反對的咒罵聲，有些人開始揪著對方打起架來，四周的樓房不時會有物品向下砸落。

阿立感到茫然無措，這樣的場面以往他只有在電影裡才能見到，好像是戰爭，是一場荒謬絕倫的光明與黑暗之戰，兩邊都自詡為光明，都稱對方是黑暗。

「爸，偉大的貝娜女神會為我們這些凡人帶來什麼？」阿立突然開口問。

「當然是幸福、美滿、快樂。」爸爽朗笑著回答。

用足以摧毀百倍幸福、美滿、快樂的代價，所堆砌出來的幸福、美滿、快樂？——阿立在心中這麼想著。

車子越開，四周越是安靜，或者說紛爭漸漸少了，街上可見貝娜的擁護者越來越多，阿立領悟，這兒是貝娜女神擁護者的大本營，或者是因爲貝娜女神的瓷像就在附近的緣故，魔力更加強烈，擁護者的比例便因此提高，反之，梅娜女神像所在之處，應當也是如此吧。

爸將車停在街邊，父子倆下車步行，阿立見到前方街上停了一排汽機車和各式各樣的阻擋物，如同一道城牆，在外側有數十位鎮民組成的巡守隊伍，或坐或站地駐足討論，內容當然全是對梅娜女神的咒罵，和對貝娜女神的讚美了。

阿立父子倆自那車陣「城牆」的缺口向裡頭走，那些巡守鎮民對阿立父親十分恭敬，果眞像小萍她們所說的，父親擔任著擁護貝娜組織中的幹部。

他們進入了一處樓房，順著樓梯向上，來到了頂樓，阿立有些傻眼，本來這排樓房的頂樓大都有加蓋，但此時頂樓所有加蓋建物的隔間牆全打通了，等於成了一個長形的巨大空間，猶如一個給捏扁了的大禮堂一般。

在這狹長空間中央有張大供桌，上頭端放的正是貝娜女神像，如同阿立先前看過的圖片，只有半邊，詭譎莫名。大供桌四周圍滿了人，有些虔誠地祝禱，有些正交頭接耳地談論著。

大夥兒見到阿立父子前來，都向阿立父親打著招呼：「這你兒子啊？」

阿立的父親也得意地向他的夥伴們介紹他的兒子，他拍著阿立說：「我帶他來見識一下貝娜女神的本尊，二來也看有沒有事可以讓他做，多個人多一份力。」

跟著，父親對阿立說：「從今天開始，你就在這裡幫忙。」

「咦？」阿立愕然，連忙問：「那……弟弟呢？」

「你用不著擔心他，我會管好他。」父親這麼說，拉著阿立向貝娜女神磕了好幾個頭，說了一大串讚美歌頌的話，和一些誓要剷除梅娜一方的賭咒誓言。阿立毫不遲疑地跟著禱念，唸得比父親還大聲，這讓父親感到十分有面子。

有些人羨慕地感嘆：「爲什麼我家那小子，不能和這孩子一樣？」

阿立隱隱聽了，只覺得全身發寒，他想起小萍說過，她那警察父親因爲信仰貝娜，而被信仰梅娜的小萍「制裁」了，那麼眼前看來親切熱絡的鎮民們，他們是如何處理家中不同意見的親友們呢？也將他們「制裁」了嗎？

老天啊……末日要到來了嗎？

阿立茫然跟著父親吶喊口號，他年輕高亢的口號呼聲引起四周人的叫好，大家的情緒逐漸亢奮而激昂，阿立不知什麼時候停下了呼喚，茫然看著遠處窗邊，那夕陽紅得如同一輪血。

□

晚餐過後，是血腥戲碼的開始，有幾個人被五花大綁地抬進了頂樓的「聖地」，也就是貝娜女神像前。那些人全是梅娜女神一方的擁護者，不知道被從哪兒綁來的。

當中一對夫妻，是阿立對門鄰居——王先生和王太太，他們的口中被塞著布團，無法出聲，只能憤然瞪視貝娜女神像和阿立的父親，阿立的父親得意地瞅著他們笑，突然高聲對著王先生大吼：「我就說我能幹掉你，怎樣，怎樣？哈哈！」

制裁開始，阿立看著那個陌生的父親，揚著其中一端削得尖銳的細長鐵棍，在那幾個敵營分子面前大聲辱罵著梅娜女神其實是個惡鬼，竭盡所能地羞辱、拷問他們。底下的人們有時憤怒鼓譟，有時向那些被五花大綁的敵營分子投擲物品，有時沸騰歡呼。

那些敵營分子足足被「制裁」了四個小時後才接連斷氣。

阿立在制裁開始的第八分鐘，見到父親高喊著「貝娜女神萬歲」的同時，將那細長的鐵棍戳進王先生的膝蓋中起，就將自己的身子盡量彎低，讓前頭幾個高大的叔叔伯伯遮住自己的視線，他們大都席地而坐，鼓譟叫囂，阿立也扯著喉嚨大叫，他試著讓自己的嘶吼聲蓋過那些口中給塞了布團的敵營分子喉間發出的低微但令人顫慄的慘烈嗚嗚聲。

在制裁結束前的一小時，阿立就因爲極度的緊繃而昏厥過去，被拖到角落安置，因此他沒有見到由他父親所執行的處決高潮。當然，他絕對不會想看的。

「阿立、阿立……」父親疲憊地笑著，拍著阿立的臉，將他喚醒。對他說：「你表現得很好了，我在台上都聽見你的聲音，很好……我還得回家考你弟弟，你就待在這裡，叔叔、阿姨們會照顧你，有什麼任務就認眞去做，貝娜女神會庇護你的。」

「爸……」阿立茫然而虛弱，他有太多話想說，但此時只能低微地說：「對弟弟和媽好一點……」

「當然。」爸爽朗笑著，輕輕地拍了拍阿立的頭，在極短暫的那一瞬間，阿立覺得彷彿大夢初醒一樣，什麼貝娜女神、梅娜女神，全都是一場惡夢，小安仍是他乖巧的弟弟、媽和爸仍然那麼相愛、小萍俏皮可愛、這個鎮上的鄉親仍是那樣地和睦……

「我很愛你媽和你弟弟，但是假如他們被惡魔蠱惑了，我也只好大義滅親了。」爸爸這句話，又將阿立拉回現實之中，不是惡夢，而是眞實。

「阿立，要分清楚大是大非。」爸爸以如同大英雄的口吻這麼說。

阿立茫然地看著爸爸離去，他起身從窗邊向下望，看著爸爸熟悉又陌生的背影逐漸遠去。

一定要這樣子嗎？沒有別種辦法能夠表達對貝娜或是梅娜的愛了嗎？

一定要這樣子嗎？不能夠和平共處嗎？

一定要這樣子嗎？一定要這樣子嗎？

阿立靠著窗邊的牆，緩緩坐下，將身子緊緊貼靠在牆邊，閉上眼睛。

04 拉上窗簾哼兒歌

在凌晨時分，阿立就被搖醒了，是個年青小伙子，興奮地朝他笑：「你是副隊長的兒子吧，怎麼在這裡睡，好戲要上場啦！」

「好戲？」阿立聽見一陣一陣的叫囂聲從底下傳上來，不久之後，兩個鼻青臉腫的女孩雙手雙腳被緊緊抓著，像山豬一樣地被抬了進來，扔在女神供桌前的地上，兩個女孩互相攙扶著、費力地站起，大夥兒將她們團團圍住，女神供桌前也站了好幾個彪形大漢，以防這兩個女孩會發狂攻擊供桌上的貝娜女神。

阿立擠到了圍觀人群內圈，也就是離那兩個女孩距離較近的地方，他登時傻眼，那兩個女孩是阿果和美秀，這時阿果的雙頰給打得一塊青、一塊紫；美秀本來可愛的臉蛋更是慘不忍睹，阿立是從她嬌小的個頭認出她的。

他感到一股強烈反胃欲嘔的不適感，他全身發起抖，只見到貝娜信徒們一個接一個地上前毆擊美秀和阿果，押著她們向貝娜女神像下跪。美秀還猶自唾罵個不停，被一個貝娜信徒持著尖銳鐵條插入了後背，阿果則是讓貝娜信徒們輪流毆擊倒地，身子不停地抽搐顫抖。

「輪到副隊長的兒子了！」「副隊長的兒子第一次來，讓他上！」大夥兒簇擁著阿立來到行刑圈中。

阿立連連搖頭，驚恐地說：「不……我不行……我……」

阿果仰起頭，認出了阿立的聲音，本來她能夠看的，但此時她在一陣暴打之後，已經看不見了。

「唔！」阿立抓著頭，他被推到了阿果身前，卻撇開了頭，爲難地說：「不……我……」

「阿立——」阿果發出了彷如厲鬼般的咆哮吼叫聲，本來幾乎無法動彈的身子不知哪兒來的力氣，身子向前掙爬衝起，兩隻手緊緊抓住了阿立腰間的衣服，阿立覺得腰腹像是讓某種野獸的爪子給扒到一般。

「副隊長兒子認識魔鬼那邊的人？」「怎麼回事？」「還不放手？」附近的貝娜信徒們紛紛擁上，對著死纏爛打的阿果拳打腳踢，一陣暴揍之後這才將阿果緊握的雙手扳開，阿立連吸著氣，向後頭仰跌了好幾步，此時全部人的注意力都放在受刑的阿果和美秀那方，阿立這麼一退，已經退到了擺放著貝娜女神的供桌旁，在他目光和貝娜女神像相觸的這麼一瞬間裡，他的腦袋衝出了一種想法——要是偷走這怪玩意兒，或是砸了它，這些人會恢復嗎？

「貝娜女神萬歲！」阿立不只是想而已，他的身體和心思幾乎同時間行動，他發現自己尚且保持著的理智，是他在這群人當中，最大的優勢。

他一面握拳呼喊口號，一步步接近擺放著貝娜女神的供桌，那供桌只是一張廉價折疊桌鋪著紅布，供桌外圍了一圈細繩圈，作爲警戒線。這些信徒們當中的幹部、頭目等大都是臨時推舉而出，這排由公寓改造而成的臨時基地當中的一些規矩、細節、設備等等都十分簡陋。

阿立來到警戒繩圈邊緣，即便他人高馬大，伸出手仍離得很遠，若是硬搶恐怕會被憤怒的貝娜信徒們圍毆至死。

然而他很快地發現，此時這兒幾個貝娜信徒中頭目級的幹部們，全在數公尺外主持著「行刑」儀式，對阿果和美秀進行殘酷的攻擊儀式，甚至是在她倆已經氣絕之後，行刑儀式仍然持續進行著，且所有的注意力，都在那氣氛熱烈的行刑台上。

他登時有了主意，他看著一旁一個較他矮小許多的中年瘦漢子正激動地揮著拳頭，大吼：「殺死魔鬼、殺死魔鬼！」阿立看著這中年漢子，有些愧疚，但在這幾乎天地顛倒的小鎮上，這樣的手段雖然稱不上光彩，也是沒有辦法中的辦法了。

「有奸細！」他陡然揪起那中年矮瘦漢子的領口，一拳打在他鼻梁上，阿立抓著那中年瘦漢子左搖右晃，假裝在和他扭打一般，接著再猛一踢，將那瘦漢子踢進了警戒繩圈，轟隆地撞在那供桌上，那張廉價折疊桌登時要倒，貝娜女神像登地彈了彈，斜斜翻滾就要落地。

阿立伸手接住了神像，在他的手觸及那半面神像的同時，他感到有股奇異的冰冷感鑽入掌心，腦袋轟然鳴響著。他本來應該先穩住情勢，再做打算的，但此時他不知道爲什麼，只覺得對手上這具半面神像有著無比的厭惡感，眼前見到所有的人、這個小鎮上這兩週所產生的極端異變，全都是出於這怪異的東西，這是個罪惡的東西，這是個惡魔神像。

阿立邁步奔跑起來，當其他信徒還以為阿立正用自己的方法在積極保護貝娜女神的同時，他們卻見到阿立高高揮揚著手，將那半邊瓷像，朝著牆柱擲去。

磅！

粉碎。

所有的人都呆了，所有的目光都集中在阿立身上。阿立有很多話想說，但此時一個字都說不出來，他只能夠轉身，逃。

那些見到阿立一連串動作的信徒，和聞聲之後才漸漸明白發生了什麼事的信徒，足足呆了好一會兒，這才緩緩往神像粉碎處聚去，茫然無神了好一會兒，有些信徒們頹喪地跪下伏倒，有些則不可置信地失控尖叫，有些露出了悲憤欲絕的神情。

「副隊長的兒子是奸細！」「魔鬼！」「把他找出來！」「別讓他逃了！」

悲憤的呼吼聲像是扔入水中濺開的波瀾一般傳揚開來，貝娜基地四周的信徒們像是給煙熏著了的兵蟻一樣暴動起來，他們持著各式各樣的日常武器，向四周搜索。

但阿立早已藉著方才信徒們那段不算短的錯愕時間，奔逃了一段距離，他人高腿長，情急之下跑得極快，在巷子中奔穿，他見到某條巷子裡一個人正準備停放機車，想也沒想衝上前照著那人後腦就是一拳，他搶了那人的機車，跨上就跑。

他挑著小巷子騎，只聽見背後響起一陣一陣的騷動聲，擴音器不停傳出某位貝娜女神護衛隊副隊長的兒子砸爛了貝娜女神像，號召街坊鄉親全力緝捕這傢伙。

廣播器的聲音速度遠超過阿立座下摩托車，貝娜女神的信徒自四面八方擁出樓房，每個人都拿著鍋鏟、菜刀、掃把之類的武器殺出助陣。廣播器播放出的內容悲壯雄偉，無一不是在述說貝娜女神的偉大，以及魔鬼敵營的傢伙們是多麼地卑劣無恥。

當然，這些人並不認識阿立，因此阿立索性棄了機車，自地上撿起兩面貝娜女神的旗幟，一柄插在腰間，一柄輕輕搖著，和大家喊著相同的口號：「貝娜女神萬歲，打倒魔鬼！」

有些汽機車呼嘯而過，那些駕駛憤怒吼叫著，紛紛將油門催到極限，在各條巷子中穿梭，阿立知道那些車在追殺他，他將身子藏得更加隱密，將歌頌貝娜女神的口號呼得更加響亮，他讓自己擠出和附近信徒們臉上同樣的悲憤表情，離他較近的信徒都沒發現他們身旁那個年輕人，正是砸了貝娜女神像的「魔鬼爪牙」。

阿立便這樣緩緩地往自家的方向前進，越是往前，騷動便也越大，貝娜女神這方等於是發動了全面戰爭，信徒們前仆後繼地要替貝娜女神復仇，梅娜女神那方的忠貞信眾自然也紛紛出動，在街上組成了一個個的護衛團。

阿立從流言和口號中得知，梅娜女神那邊似乎也出了事，且是相當嚴重的大事，兩邊信徒們全變成了火燒屁股的牛，理智已經從他們的腦袋裡蒸發消失了。

街道上處處是激烈的游擊對峙，這兒差不多是兩方信徒的分界線地帶，所有的人都放棄了睡眠，從每一戶、每一扇門裡擁出，爭鬥廝打成一片。

阿立見到七、八十歲的老人也捲起自己的睡衣袖子，揮著細瘦的拳頭和年輕人鬥毆，被年輕人一拳打得假牙都飛了出來；十七、八歲的女孩穿著內褲，揮舞著菜刀猙獰咆哮，她已劈死了六個人；一個三十來歲的孕婦和另一個中年婦人互相揪扯著頭髮，猛力試圖要將對方扭倒；四十歲的大叔似乎有練過，一拳一腳有模有樣，但是激打一陣之後，讓六個年輕人合力制伏，斬下了他的腦袋。

「天吶！」阿立一面呼著口號，一面卻忍不住湧出了眼淚，他見到熟悉的家鄉、熟悉的人，變得不再熟悉，甚至是毛骨悚然，極端地醜陋。

阿立繼續前進，更加接近梅娜女神的勢力範圍，梅娜一方的廣播器也轟響著。

阿立低著頭往自家方向去，沿途中他遇到一個又一個向他咆哮口號的信徒們，便也模稜兩可地跟著吆喝一些言不及義的女神口號。

他來到了自家公寓底下，大門前倒著三具屍體。他咬緊牙關跨過其中一人的屍身，走進公寓，他得救他的家人，救他的弟弟和他的爸爸媽媽。

他提著艱難的腳步向上走，所經之處的階梯、扶手皆沾有血跡，當他走到自家門前時，鐵門微微敞開著，這使他心臟更加突跳不已。

他拉開鐵門，衝進家中，客廳陳橫著數具屍體，臂上都掛著貝娜女神護衛隊字樣的臂章。

「為什麼打到我家裡來？」阿立抱頭吼著：「爸、媽，出來，不要再瘋了，我們逃走吧！求求你們，我們走吧！」

「小安！」阿立尖叫喊著，他來到自己臥室，四處翻看，他揭開一只櫃子，見到側臥其中、臉色慘白的小安，這只小櫃子是小安習慣躲藏的地方。

阿立將小安抱出來，小安面無表情，呆坐在床沿，手腳都冰涼涼的，像是丟失了魂魄。

「走，哥帶你離開這裡。」阿立翻出一個背包，塞進小安懷裡，對他說：「整理一下東西。爸媽呢？」

他一面說，一面出房直奔父母臥室，他踏進一步，便呆立不動，他見到媽媽端坐在梳妝台前，緩慢地在自己的臉上塗塗抹抹，精心撲妝打扮，爸爸則是躺在床上，胸口插著利刃，一動也不動，身上還蓋著被子。

「……」阿立無法接受自己所見到的情景，他身子一軟，貼靠在門板上，再也說不出話。

媽媽透過梳妝鏡見著了阿立，欣喜開口：「阿立，你終於回來啦，外頭情形怎麼樣？」

「死了很多人……」阿立呆然說著。

「很可怕吧？難為你了，今晚是聖戰，這也是難免的事。我跟你說，你們的媽媽，救了最偉大的女神喔。」媽媽雙眼空洞，缺乏笑意的嘴巴咧得極開，她回頭起身，從梳妝台旁捧起一件東西，是那另半邊塑像——梅娜女神像。

「你爸爸加入魔鬼組織，帶著游擊隊四處攻擊梅娜女神的信眾，我平常都讓著你爸爸，等的就是這一刻，呀哈、呀哈哈哈！」媽媽笑得愈加淒厲。

原來阿立的爸爸在小鎮的貝娜女神組織中算得上是中級領導了，平時專門設計劫掠敵營信徒。這一次他們偶然之下取得了敵營梅娜女神像遷移據點的消息，出動了近百人，對遷移中的梅娜女神像及其信徒們進行突襲，成功將梅娜女神像劫到手上，準備要送返己方的大本營，要在貝娜女神像前，舉行盛大儀式以摧毀梅娜女神像，但經過激烈血腥械鬥，阿立父親一方的人馬傷亡慘烈，收到求援消息的梅娜信眾，在幾處通往貝娜組織大本營的道路巡視攔截，想要阻止阿立父親人馬將梅娜送至敵營。

一場場街頭巷戰此起彼落，阿立父親一行人分頭突圍，最後抄小路抵達了位在兩位半邊女神勢力範圍混雜地帶的自宅中，他本打算將阿立母親一塊接進貝娜女神一方的陣地去。

但在眾人包裹傷勢、歇息進食時，本來暗暗支持梅娜女神的媽媽在送予眾人的食物和飲水中，摻進了安眠藥，眾人吃完不久一一睡倒，媽媽則躲在反鎖的主臥室內，撐過了幾個耐力較強的人的憤怒叫門之後，出門，以尖刀，將那些睡著的人一一刺死。她終究還記得其中一個是她的丈夫，她將爸爸拉上了床，替他梳齊了稀疏的髮，替他將領帶撥正，替他蓋上被子，在他額上輕輕一吻，這麼對他說：「願梅娜女神救贖你的靈魂。」

「走吧——」此時媽媽手舞足蹈地躍起，小心翼翼地將梅娜女神像放進塞了衣物的紙箱中，準備動身將女神帶回大本營裡。

阿立望著爸爸的屍身，淚如泉湧，媽媽經過他身邊時，略頓了頓，神情變得嚴峻起來，問：「阿立，你跟媽說，你支持梅娜女神，還是支持魔鬼？」

阿立仰起頭，淚眼汪汪地回答：「我當然支持梅娜女神，爲什麼要支持魔鬼呢？」

「乖孩子……」媽媽呵呵笑了，拉著阿立的手，一面喊著：「小安，小安，出來，媽帶你跟哥出門。」

「媽，等一下……」阿立抹了抹眼淚，掙脫了媽媽的手，他見媽媽狐疑望著他，便說：「我……被魔鬼抓走，他們不給我吃東西，我肚子好餓，我想吃媽做的菜……」

「難怪！」媽媽氣罵著：「我還以爲你被你爸爸拐去魔鬼那邊了，急死我了……」

媽媽拉著阿立坐下，要他說些「魔鬼基地」裡的事，或許能發現有用的情報，阿立點點頭，先是謹慎地將家門關上，討了杯水喝，說了些不相關的事，媽媽倒是聽得津津有味，心情大好，她打開冰箱，將那些冷菜拿到了廚房，揭開保鮮膜，重新炒煮加熱。

阿立倚在廚房，看著媽媽熟悉的炒菜動作，心中茫然。他打開冰箱，翻找著飲料，然後迅速地從冰箱角落摸出了一小罐東西，他呼了口氣，那是爸爸的安眠藥，媽就是在爸和同伴吃食的飯菜裡摻入這個。

他將安眠藥藏進了褲袋，又拿出兩包鋁箔包飲料，回到他和弟弟的臥室，他見到小安仍然呆滯，背包也掉落在地。

阿立嘆了口氣，自個兒幫小安挑了幾件衣褲和隨身物品，他自己也拿了大背包，整理著自己的衣物。

「出來吃飯囉！」媽媽的呼喚聲從飯廳傳來，阿立連忙趕去幫忙，他將湯鍋端出，放上餐桌，舀出一碗，嚐嚐，還是一樣地好喝。

「你說你大鬧魔鬼基地，然後呢？」媽媽則饒富興味地追問，像是十分想知道那些魔鬼信徒驚慌失措的表情。

「媽，妳忘了加鹽了。」阿立將碗遞給媽媽。

媽媽咦了一聲，舀起一口，喝下，說：「有鹹啊。」

「味道有點怪怪的，是羊肉嗎？」阿立問。

「什麼羊肉，是雞肉。有腥味嗎？」媽媽歪著頭，又喝了兩口，然後她仰起頭，用一種驚恐的表情看著阿立，跟著她雙眼一翻，便向側邊倒下。

阿立一手托住了媽媽的肩，將她放倒在地，又找出了繩子，將媽媽的雙手緊緊捆住，跟著，他回到了爸媽臥室，含著眼淚從爸爸口袋中摸出了車鑰匙。

阿立將小安拎了出來，賞了他兩巴掌，將他的魂魄拍回來些，指揮著他，兩人協力將媽媽抬下樓，鬼鬼祟祟地來到爸的車旁，開門上車。

阿立出門前還不忘帶上梅娜神像，此時一併扔進車內，他旋動鑰匙，發動引擎。小安望著窗外自家公寓，哽咽地說：「爸爸還在裡面……」

「小安，別哭，我們會逃出去的。」阿立紅著眼眶，轉動方向盤，踩下油門。

汽車駛上街道，慘烈的巷戰仍然未歇，且有更加嚴重的跡象，大夥兒互相丟擲石塊和硬物，每個人的臉上和身上都有血污。

十分鐘後，車子已經駛離了那鄉鎮，駛上公路，開往繁華市區。

「唔！」阿立陡然一驚，他從後視鏡中見到後方有車跟著，一輛、兩輛、三輛，他心中一凜，知道某些追逐爸爸的梅娜女神一方，認出了爸爸的車，一直緊跟在後，他們的女神像讓爸爸率領的突擊隊搶了，現在正躺在後座那紙箱中。他們想要奪回他們的梅娜女神。

「小安，把神像拿出來給我！」阿立回頭喊著，小安也聽話地將紙箱拆開，將保護神像用的衣物扯出，將那半邊神像取了出來，遞給駕駛座的哥哥。

阿立感到駛上公路之後，後方追車的速度便不要命地逐漸加快，他還得照顧弟弟和媽媽，可不能和他們比拚車速，於是他打開車窗，將那半邊神像舉出車外，高喊：「再過來我就把神像砸爛啦！」

後頭追趕的幾輛車中的人紛紛探出頭來，吼叫：「停車！」「魔鬼！」「把女神還來！」

阿立從後視鏡注意到後方追車的駕駛性情瘋狂，車速飛快之外還蛇行亂飆，他抓準了時機，手一揚，梅娜女神像倏地離開了車，拋向半空，跟著落地。這次碎裂的力道自然更勝之前貝娜女神，梅娜女神像的碎屑震裂上天，後頭三輛追車像是受到極大的震驚，失控撞成一團。

「哈哈……哈……」阿立喘著氣，穩住速度繼續前進，不久之後，他終於駛進了市區，他左繞右拐，找著派出所。

「小安，我們回到正常的世界了，我們得去找警察，政府會派軍隊跟警察去我們鎮上，把那些瘋了的人都抓起來……」阿立激動說著。

「媽！」小安尖叫一聲。

「媽！」阿立自後視鏡中見到媽媽醒了，只喝了三口的安眠藥劑量太低，媽媽一上車便稍稍醒轉，一路上昏昏沉沉的，此時氣力漸漸恢復，她發現雙手被綁住，身旁紙箱中的梅娜女神消失時，眼神中發出的戾氣是如此恐怖，讓小安和阿立都驚駭至極。

「阿立，你騙我，你跟你爸爸是一國的！」媽媽尖叫大吼，不停地以腳踢蹬前座，揮揚著雙手捶打小安，跟著她向前一撲，雙手勒住了阿立的頸子。

「唔！」阿立瞪大眼睛，穩住車勢，一手怎樣也拉不開媽媽的勒擊。

「媽媽，妳會把哥哥勒死！」小安哭叫著。

但媽媽像是鐵了心一般，憤怒吼叫著：「你把梅娜女神藏在哪？」

「媽，住手！」阿立嗆咳著，他減緩車勢，打算在街邊停下，但媽媽整個人往前座衝鑽，像是想要將阿立的兩隻眼睛都挖出來。

轟——

車子撞上了前方一輛公車尾端。

□

「醫生！醫生！他醒了，那個人醒了！」護士小姐的叫喚聲悠悠響亮。

阿立定了定神，他坐在一張潔白的病床上，手臂上吊掛著點滴，身上還有多處擦傷，他沒死，撞上公車之後，他還活著。

醫生老神在在地走來，檢視了阿立身上傷勢和他的意識，然後滿意地點點頭說：「復元得不錯，應該沒有傷到腦子什麼的。」

「我媽媽跟弟弟呢？」阿立緊張地問。

「你媽媽的傷勢較重，現在還沒有脫離險境，你弟弟比較幸運，只有一點輕傷而已。」護士小姐這麼和他說。

「媽……」阿立有些難過，他掙扎著想要下床，口中喃喃說著：「我想要看看媽……」

「你別急，你媽媽還在加護病房開刀，我們會安排時間讓你去見她，你先安心休養吧。」護士甜美笑著說：「你放心，你媽媽是梅娜女神的信徒，這間醫院，正受梅娜女神所庇佑，女神會照顧所有信徒的，我們會盡全力將你媽媽救好。」

護士說完，看著呆然的阿立，又安慰了幾句，然後轉身離去。

阿立歪斜著頭，像是聽見了世上最不可思議的話一般，他愣愣地下床，來到窗邊，拉開窗簾，外頭昂揚著一面面大旗，全都是梅娜女神的旗幟，在遠處某些區域，則豎立著貝娜女神的旗幟。醫院下方有些街口動亂著、激戰著，遠處樓宇有些著了火，有些冒著煙，血紅色的夕陽在大樓中漸漸隱退。

他砸碎了兩個半邊神像，卻收不到任何效果，貝娜和梅娜反而以各種形式出現在更多的東西上，像是旗幟、傳單、壁畫、口號、詩歌等，或是胸口及手臂上的血圖騰。

末日，來了。

阿立發了好半晌愣，拉上窗簾，回到床沿坐下，歪著頭，輕輕哼起歌，那是在許多年前，他們一家出遊時，爸爸教他唱的兒歌。

除此之外，他也無法做些什麼了。

遺棄之門

這天黃昏，佳琪和往常一樣放學返家，她自大街轉入巷弄，那是條不起眼的小巷弄，兩旁全是並列樓房，大都是屋齡超過二十年的中古公寓，在各地大大小小的市鎮中，像這樣子的巷弄、公寓多不勝數，毫無稀奇之處。

此時接近晚餐時分，巷口自助餐店和小吃店正忙著將菜餚上架，熱騰騰的菜香味和油煙臭味混雜成爲一種讓人有點想吃飯，又有點倒胃口的古怪氣味。

幾隻小貓在極端狹窄的防火巷中奔穿嬉鬧，母貓則躺在隨意停放的機車椅墊上歇息，在下一刻，母貓讓一旁電線桿上架設的擴音器發出的響聲嚇得彈下了車，翹著尾巴東張西望。擴音器發出的是里長辦公室的廣播聲，內容千篇一律地呼喚著某些車主，要他們快將擋著道路的車子挪開。

幾張像是新印不久的影印告示，歪歪斜斜地張貼在巷子裡挨家挨戶的公寓大門，或是一旁梁柱上。

告示裡是由一個居高臨下的監視攝影機所拍下的圖片，內容是一個將鴨舌帽帽簷壓得極低的男人，身穿薄外套。一旁註解字樣：鄉里街坊注意，本巷近日出現惡狼蹤跡，請多加提防。

佳琪在自家公寓前停下腳步，漫不經心地望了門前傳單一眼，取出鑰匙、開門、進入樓梯間、反身關門、檢查自家信箱有無信件，一連串的動作她早已習慣成自然，是大部分的人每天都會重複進行一至數次的連續動作。佳琪將幾張廣告傳單扔入門旁的小垃圾桶後，想也不想地就要轉身上樓。

但這一天和往常卻有些不同，佳琪在踏上通往二樓的樓梯時卻停下了腳步。

這棟公寓的格局是十分常見的樓房格局——四層樓高，樓梯間能夠塞下一至數輛機車，樓梯向上半層樓後會經過一個轉折平台，再往上半層，便是對門兩戶人家，一棟四層樓的公寓，便有六戶對門住家單位，以及兩戶一樓住家單位。佳琪家在四樓，這意即她需要經過三個轉折、兩層對戶人家之後，才會來到四樓自家門前。

而在這當下使她停下腳步的原因，是她見到了一扇門。

是一扇暗紅色的鐵門，比一般家戶鐵門矮了半公尺，樣貌老舊、鐵鏽斑駁，在看來幾乎要鏽斷了的鐵欄杆之後，還掛著破損浮動的紗窗。

當然，門的外觀並非是讓佳琪驚訝呆立的原因，讓她訝然而不知所措的是，這扇門的位置竟是在樓梯轉折處的邊緣那面牆。

這個位置不應該有門的，這個位置約莫是一樓周爺爺家的天花板與二樓許媽媽家的地板交接處，至少在佳琪上午上學下樓時，是沒有這扇門的，更正確來說，在她十幾年的記憶裡，這棟她所居住的公寓裡，都沒有這麼一扇門。

這是一扇平空出現的門。

佳琪深吸了一口氣，她的臉上尚有著被午後太陽曬出的紅暈，制服也讓近夏時節返家的一段路途走出的汗染得半濕，她抹了抹額上的汗，向那門走近半步，她的腦袋尚未轉動過來，在短暫的茫然中，她以爲或許這扇門只是某戶人家將裝修後取下的舊門擺放在這兒，但這樣的念頭轉瞬即逝，她離這扇門只有半公尺的距離，這確確實實是一扇嵌在牆中的門。

佳琪自鏽紅色鐵門的欄杆間隙向裡頭看，她見到鐵門裡還有一扇半掩的木門，再看向半掩木門之後，能夠見到老舊客廳的一角，佳琪很清楚地知道，那不是周爺爺家，也不是許媽媽家。

眼前那個全然陌生的客廳裡有一張灰白色的破爛沙發、一張木頭桌子，還有一張躺椅以及躺在躺椅上的一雙腿，那雙腿上還趴著一隻貓。由於木門半掩，遮住了大半視線，佳琪無法看見那躺椅的上半截以及那雙腿的主人的樣子，只能夠見到那木桌子之後的一座老舊電視櫃，和電視櫃上的黑白電視。

黑白電視機閃動著沙沙霧幕影像，隱約可見似乎是幾十年前的電視劇，裡頭的明星佳琪從來也沒見過，躺椅上的人倒似乎看得專注出神。這紅鏽鐵門後頭瀰漫著的古舊氣息，使得佳琪頓時之間有種時光倒流、墜入夢境的迷亂錯覺，但她很快地回過神來——

那隻趴伏在躺椅那人雙腿上的貓回過了頭，直勾勾地看著佳琪。

那是隻模樣十分奇怪的貓，身子十分瘦，卻有一雙大得不成比例的青綠色眼睛，那隻貓張開了口，朝著佳琪叫了兩聲。

「嘎嗚——嘎嗚——」

佳琪讓那貓叫聲嚇著了，她從來都沒聽過這樣乾啞的貓叫聲。躺椅上那人，在貓叫聲之後，旋即起身回頭往門外看，那是個駝背老太婆，頭髮凌亂花白，臉上的皺紋多到幾乎要隱沒了她的雙眼，在老太婆皺紋底下的細長雙眼空洞迷濛，半張的嘴巴裡墨黑一片。

「噫！」佳琪不敢再多看下去，她驚慌地向上跑，在經過二樓人家且繼續往三樓奔上時，她甚至隱約見到那老太婆已經來到鏽紅色鐵門前，緊貼著鐵門向外盯著她看，她忍不住發出了一聲尖叫。

「呀！」佳琪恐懼地拔腿奔跑，跨過一階一階，直到她奔到了家門前，這才忙亂地翻找鑰匙，又一邊連連按著門鈴。她還不時回頭向底下張望，樓梯間靜悄悄的，一點動靜也沒有，這使她安心了些，那個古怪的老太婆並沒有跟上來。

「姊，剛剛是妳在叫喔？」弟弟偉仔出來替她開了門，見她一臉驚懼，便這麼問她，還揚了揚手上的黑色東西，那是隻比蟑螂略大的黑色鍬形蟲，是弟弟偉仔飼養了一週的寶貝。

「……」佳琪關上了門，並不理睬弟弟，而是急忙地進客廳，喊著：「媽——」

「老媽出去了。」偉仔抓著他那隻甲蟲跟回客廳，重新坐回沙發前，一面看著電視機裡播放的甲蟲卡通，一面將他的鍬形蟲「黑黑」放在玻璃桌上以漫畫堆疊出的堡壘當中，那漫畫堡壘裡還有幾隻塑膠模型甲蟲。

在漫畫堡壘的對面，則是十來隻塑膠蜈蚣、蟑螂等整人玩具昆蟲。

「叫你不要把蟲子放在桌上，你聽不懂喔！」佳琪遍尋不著媽媽後，惱怒地向偉仔咆哮，國中二年級的她，覺得國小四年級的弟弟偉仔討厭極了。

「沒有啊。」偉仔將舌頭捲成筒狀，挑釁地伸著，發出頑劣的嚕嚕聲，他說：「我放在漫畫書上，又沒有碰到桌子。」

「你敢說沒有碰到桌子！」佳琪討厭任何一種昆蟲，也包括外觀上與昆蟲類似的蜘蛛、蜈蚣等，鍬形蟲雖然長得比蟑螂帥氣些，但終究還是蟲子，當弟弟偶爾惡作劇地將黑黑拿近她時，她仍然會全身發麻地尖叫。

「沒啊，我放在我的漫畫上不行喔！」偉仔大聲抗議：「妳不要吵我看電視啦。」

「我要跟媽講！」佳琪氣憤地罵，她覺得眼前的弟弟可惡到了極點，就像是一隻從地獄爬上來的惡魔小孩。

「講妳屁股癢——」偉仔笑著回嘴。

事實上，偉仔確實相當頑劣，甚至比同年齡的小孩更頑劣了些，他會和佳琪搶電腦用，會用一些和同學從網路上學來的賤話跟佳琪對罵，會在媽媽面前假裝聽話，然後在媽媽不在的時候大肆胡鬧，特別是偉仔總愛找各式各樣的方法來違反家裡頭的規矩，例如在三天前佳琪的嚴重抗議之下，媽媽規定偉仔不許把黑黑放在桌上，但偉仔還是這麼做了，儘管他在桌上用漫畫書疊出了一座堡壘，但佳琪仍然無法忍受平時吃飯的玻璃桌，變成了黑黑指揮甲蟲部隊大戰蟑螂惡魔的戰場。

若是以往的佳琪，此時必定要拿出掃把作勢往黑黑身上敲，藉此恫嚇性威脅偉仔，再和他大吵特吵，但此時佳琪卻沒有這麼做，她當下雖然氣惱弟弟，但思緒卻無法集中在這兒，跟「樓梯間突然出現了一扇門」、「裡頭還有一個看起來跟巫婆一樣的老太婆」相比之下，一隻鍬形蟲似乎並不是那麼重要。

「我問你，你放學回家的時候沒有看到什麼嗎？」佳琪正色地問偉仔。

「唔？」偉仔的視線仍然停在電視機上，他的腦袋裡有一半滾動著一些早已編排好要用來和姊姊對嗆叫罵的話語，此時對姊姊這麼一個天外飛來的問題一時反應不過來，正好，卡通進入廣告，他看了看佳琪，搖搖頭，繼續玩起他的昆蟲大戰。

佳琪皺著眉頭將書包放回房間，來到客廳邊的電腦前坐下開機，腦袋裡仍驚慌回想著方才見到的那情景，她茫然瀏覽著自己和同學的部落格，直到天色終於轉黑，媽媽這才提著大包小包的水果青菜返家。

不久之後，爸爸也下班返家了。

佳琪在媽媽回來後，七手八腳地檢查電鍋中的燉湯、炒鍋裡小火燜煮的雞肉時，試探性地問著媽媽有沒有見到奇怪的事，又在爸爸返家時，也問了同樣的問題。「爸，你剛剛在樓梯間有沒有見到什麼東西？」

「樓梯間什麼東西？妳說什麼？」

無助的佳琪只能得到這樣的答案，她搖搖頭，不願再多說些什麼，這個年紀的她習慣性地藏著許多祕密，她寧願將這件事告訴她的同學，也不願意和家人討論，她尤其不願意讓偉仔知道，因爲偉仔若是知道了，必定會誇大十倍地向同學敘述，例如「我姊見鬼了，一定是偷偷做了什麼壞事」或是「我姊瘋了，她說虎姑婆要吃她」，然後這些廢話就會輾轉從偉仔的同學口裡，再回流到佳琪的同班同學耳中——偉仔某位同學的哥哥，正好和佳琪同班。

三個月前佳琪一時心血來潮寫了一篇新詩，詩裡頭重複出現三次「宇晴」這個詞，宇晴是她班上一個長相俊俏的男同學。偉仔無意間發現了姊姊寫的這篇新詩之後，便以一篇「我姊姊寫的詩」爲題的文章，發表在自己的部落格上，甚至在每一段句子後頭，括號塡上自己的評語註解，於是佳琪在一週之後，發現黑板上不時出現她詩中的某些句子。

事後她幾乎要將她的弟弟大卸八塊。

她一想到這裡，難堪的記憶又浮現腦海，她皺起眉，怒瞪偉仔，偉仔正興致勃勃地向爸爸解說塑膠盒中黑黑的一舉一動，他就是這樣，只有在爸媽在家時，才會乖乖地將黑黑放在觀賞盒子裡。佳琪覺得偉仔是世界上最可惡的小孩之一，偏偏這傢伙卻是她的弟弟。

□

第二天的早晨，佳琪緩慢地穿著鞋子，看著陽台鐵窗外天上陰沉厚重的積雲和絲絲細雨，她不滿意右腳踝上的襪子穿得有些歪斜，便又將鞋子脫下，調整襪子角度，且向同樣在陽台上準備穿鞋出門的弟弟偉仔望了一眼。

偉仔依依不捨地與透明盒中的鍬形蟲黑黑道別，細心地調整盒中擺設，還不停摸著黑黑的黝黑甲殼。

「還玩，要遲到了啦。」佳琪見偉仔拖拖拉拉，心中不悅，倘若是之前，她早就先行下樓，壓根不會理睬這個每天出門都要和鍬形蟲道別的弟弟，但今天不同，她不太想自己一個人下樓。

然而偉仔的動作實在太慢了，只穿了一隻球鞋，另一隻鞋還不知在哪兒，或許給踢在木門後頭，或是扔在鞋櫃底下，偉仔總是這樣。

「黑黑，要乖乖喔，我放學會盡快回家陪你。」偉仔終於蓋上透明蟲箱盒蓋，準備找另一隻鞋子了，他東翻翻、西看看，抓抓頭，朝客廳裡大聲喊：「媽，我的鞋子呢？」

「你很笨耶，連鞋子都會搞不見！」佳琪皺起眉頭，扠腰罵著，她不停看著手錶，要是再不出門，就要遲到了。

「我的鞋子呢？黑黑，你有看到我的鞋子嗎？」偉仔一向不將「上學遲到」或是「忘了帶課本」這類情形放在心上，他甚至有時連書包都會忘了揹，到了學校照樣嘻皮笑臉地向老師報告他沒帶書包，要跟同學一起看課本。

但是佳琪和弟弟不同，她很介意別人的眼光，她可不想因為遲到而在川堂罰站什麼的，所以當她見到弟弟找不到鞋，拖拉一陣後又進屋撒尿時，再也等不下去，她有些氣惱自己的膽小，更氣惱弟弟的討厭態度。

不過就是一扇門嘛，說不定是我眼花了——

她在心中這麼喊著，推開了門，急促下樓，然後，很快地又僵立不動。

門，那扇斑駁鏽紅、較一般大門矮了半公尺的鐵門，又出現在她的面前，這次門的位置和昨天有些不同，昨日這扇門嵌在近一、二樓間樓梯轉折的牆上，但這時，這鏽紅色鐵門則是與二樓許媽媽家的鐵門相距極近，一高一低地比鄰並列。

佳琪感到毛骨悚然，她發著抖，緊緊靠著樓梯扶手，小心翼翼、放輕腳步下樓，生怕驚動門裡頭的什麼東西。

在經過許媽媽家門和那鏽紅鐵門時，她聞到一股難以言喻的味道，像是某種燉湯的味道，儘管她心中是害怕的，但在這樣的情景之下，總也有幾分好奇，使得她略微撇頭朝那鏽紅鐵門看去。

這次鏽紅鐵門後的木門是完全敞開的，隱約可見客廳全貌以及一旁應當是通往廚房的廊道，當中一些擺設古舊且毫無生氣，那是一種已經逝去的東西所發出來的氣息，像是古老照片中的景色，令人懷念卻已不存在。

佳琪聽見鏽紅色門的那一端，自應當是廚房的地方發出的切菜聲音，緩慢而清響，喀，喀，喀——

甚至有細碎的講話聲，講話聲音聽來遙遠而瑣碎，猶如站在漫長道路的盡頭，回首張望來時道路時所發出的呢喃嘆息。

佳琪尚不明白自己如何能在這麼短暫的幾步當中感受到這千思萬緒，像是被那鏽紅色鐵門後頭的空間吸去心神一樣。

「砰——」巨大的關門聲自樓上響起，佳琪陡然回神，知道是弟弟偉仔出門了，她不願讓偉仔見到自己茫然惶恐的模樣，她頭也不回地向下，來到一樓的樓梯間，打開公寓鐵門。

但她卻沒有出去，而是背倚著牆，屏著氣息等待弟弟下樓。

「咦?姊妳在這裡幹嘛？」偉仔問。

佳琪正掀開肩揹書包，作勢翻找著什麼，她聽弟弟這麼問，隨口回答：「我檢查有沒有忘了帶什麼……喂，你剛剛下來沒看到什麼嗎？」

「什麼？」偉仔不解應著，已經走出公寓，走上巷道。

「等等！」佳琪追了出去，問：「你有沒有見到一扇門？」

「什麼門？」

「就是……」佳琪只是想確定弟弟有沒有見到那扇門，倘若只有她見到門，而弟弟沒有，那麼她就不想多說什麼了。「算了。」

「妳很怪耶。」偉仔大聲說著：「妳月經來啦？」

「吳家偉，你完了，我要跟媽講！」佳琪憤怒叫著。

「講妳胯下癢！」

□

在學校裡，佳琪沒有將那扇門的事告訴任何人，包括她的幾個死黨同學，在一切尚未弄清楚前，她不希望別人將她看作是「幻覺女孩」或是「陰陽眼女孩」，尤其不久之前，她才和宇晴交換了ＭＳＮ，她花費不少時間向他解釋三個月前那首詩其實是弟弟的惡作劇，他們聊許多事，交換平日學校趣聞感想什麼的，佳琪覺得自己在宇晴心目中的形象應該要比之前好得多了，她不想破壞這樣費心建立出的形象。

在學校裡，她漸漸將那扇門的事拋諸腦後，尤其當她偶爾和宇晴四目相望，宇晴對她神祕一笑時，她會感到一種像是含了顆糖般的愉悅滋味，在學校裡他們幾乎沒有交談，因此每個晚上的MSN對話更像是她和他之間的二人祕密。

時間一點一滴地過去，黃昏放學之後，她回到了自家公寓樓下，她嘖的一聲，不那麼欣悅了，她欣悅的原因是今天在學校被老師當面稱讚，她偷偷瞧見宇晴也朝她小小地鼓掌以示讚美，她知道他們今晚又有好多好多的話可以聊了。

而這時她的欣悅減少了幾分，當然是因爲她又想起了那扇門，那到底是啥玩意兒？

她打開鐵門，進入公寓樓梯間，昏黃的夕陽光芒從信箱洞孔和鐵門縫隙透射在陰暗的樓梯間，她仰頭看著樓梯那方，靜悄悄的沒有一點聲音。

她沒有見到那扇門。

她經過二樓時還提心吊膽地四顧張望，以爲那門又再度向上移動，但是當她經過三樓，抵達自家四樓後，還是沒有見到那鏽紅色鐵門，這才鬆了口氣，她覺得「一扇多出來的門」或許眞只是她自己的胡思亂想罷了。

佳琪回到自家，偉仔正在電腦前專注地在某個入口網站的知識論壇裡補充那些關於甲蟲的飼養心得知識。

「六點就換我用電腦喔。」佳琪這樣對弟弟說。

「現在就給妳啦。」偉仔跳下椅子，又回到房間，逗他的鍬形蟲黑黑玩。對佳琪而言，這似乎是黑黑唯一的優點了，弟弟自從飼養起黑黑之後，便著魔似地愛上這種黑黑硬硬的甲蟲，以及每一集的甲蟲卡通，幾乎不再和佳琪爭搶電腦了。

佳琪打開了電腦，連線上網，四處遊晃，她通常最先連上自己的部落格，然後再連上宇晴的部落格，然後再逛好友連結中同學朋友的部落格。她開啓MSN，宇晴並不在線上，佳琪知道宇晴家住得遠，返家的時間會比她晚得多，且不一定一放學就上網，但她也不以爲意，掛著網路寫作業，每當MSN發出聯絡人登入的訊息叮噹聲，她就會趕緊盯向螢幕右下方那迸出的訊息欄，發現不是宇晴後，再失望地繼續寫作業。

一直到媽媽返家做菜、爸爸也下班返家，菜餚都端上桌了，佳琪還不肯離開電腦桌，她近來每天都是這樣。

「佳琪，還不來吃飯——」媽媽這麼喚她。

「媽，妳不要打擾姊，姊戀愛了。」偉仔撥著嘴邊的飯粒，這麼說。

「吳家偉，你放屁啦！」佳琪聽偉仔這麼說，像是觸電一般地從椅上彈起，氣呼呼地要衝去餐桌踹人，但她還是細心地將MSN登入狀態調成「馬上回來」，又在個人訊息欄裡填上「晚餐中，很快回來喔，等我。」

「晚……中……很快回來……等……」偉仔竟拿起爸爸給他的生日禮物，那是只單筒望遠鏡，從餐桌瞄向三公尺外的電腦螢幕，誦唸佳琪剛塡上的ＭＳＮ訊息。

「你很煩耶！」佳琪氣得跳腳，她和偉仔爭搶一番，將那望遠鏡搶下，還踢了弟弟一腳。

「二樓的老太太去世了。」媽媽並不理睬佳琪和偉仔的爭執，而是嘆息著這麼和爸爸說。

「什麼？」佳琪才剛要入座，聽媽媽這麼說，驚訝地僵著了身子無法動彈，她本來已經拋飛的恐懼一下子全衝湧了上來。

「是許媽媽家的老太太？」偉仔追問著，那老太太是許媽媽的婆婆、許先生的母親，高齡八十九，有時會在許媽媽的攙扶下在巷口散步，見了鄰居孩子，都會和藹地對著他們笑。

「嗚……」偉仔再三向媽媽確認無誤之後，竟哽咽地哭了，他很喜歡那老太太，每次見了那老太太，就會湊上去叫聲「許奶奶」，換取幾枚糖果。

佳琪也摀著嘴巴，但她心中的驚恐遠大於哀傷，她喃喃說著：「門……是那扇門……」

佳琪終於忍不住了，她搖著爸爸和媽媽的手問：「你們回家時，有沒有見到一扇門？」

「什麼門？」爸和媽相視一眼，聽不懂那是什麼意思。

「門！就是小一點……而且很老舊的門，不是一般那種門，是多出來的門，在樓梯間……多出來……」佳琪在驚慌之中，一番話講得顚倒混亂。

直到佳琪終於將前因始末解釋得一清二楚，他們還是搖搖頭，說：「我們都沒有見到。」

媽媽按了按佳琪的手，擔憂地對她說：「琪……明天要不要在家裡休息一天？還是……媽媽帶妳出去走走……」

「不。」佳琪撥開了媽媽的手，她低下頭，拿起碗筷，說：「你們沒有見到就算了……」

□

白潔的浴室中，佳琪將自己藏在淅瀝嘩啦的水聲裡，蓮蓬頭的水柱嘩啦拉地沖下，卻沖不走她腦袋裡堆積著的胡思亂想。

我生病了嗎？那是不是妄想症？那是什麼門？為什麼一直出現？

為什麼……那扇門出現在許媽媽家的牆上之後，許奶奶就去世了？

許奶奶是個很好的奶奶，好久沒跟她打招呼了。

突然……有點想念她呢……

「哇哈哈！呵呵呵呵！」偉仔的怪笑聲從客廳響起，透過嘩啦啦的水聲鑽入佳琪的耳朵。

「哼，討厭鬼，笑個屁啊。」佳琪嫌惡地哼了一聲，心想她那個弟弟不知道又在玩什麼把戲了，一定又在和爸爸講他那隻鍬形蟲了，如果可以的話，她眞想拿殺蟲劑噴那隻討厭的大蟲子。

不過……偉仔應該會很傷心吧。

佳琪這麼想，再加上偉仔自從養了黑黑之後，讓她能夠安靜使用電腦的時間增加了不少，和宇晴的談天時間便也多了，這麼說來，黑黑還是有牠的功用吧。

「嘿，看在宇晴的份上，放你一馬吧！」佳琪嘻嘻笑了。

但佳琪的笑容突然僵硬，她突然想起一件芝麻小事，但那芝麻小事，卻又令她十分介意，她趕緊關上蓮蓬頭，拿浴巾擦拭身子，匆匆忙忙地穿上衣服，出浴室。

她的視線快速在客廳掃過，偉仔趴在客廳地上，專心逗弄著塑膠盒子裡的黑黑。

「呼——」佳琪感到鬆了口氣，她回到座位前，以浴巾擦拭著濕透的短髮，她的心突然跳動得大力許多，她見到宇晴的帳號出現在ＭＳＮ上的線上名單中了，在每一天的晚上，這一瞬間的喜悅，都令她有種飄飄然的感覺。

今天要說什麼好呢——她這麼想，然後鍵下：「總覺得這兩天不太對勁呢。」

「？」宇晴這麼回。

佳琪迫不及待地再打著：「跟你說一個祕密，但是你不可以告訴別人喔。」

「你要先答應我，不告訴別人，我才告訴你。」佳琪將鍵盤敲得啪啦作響，然後等了一分鐘，她覺得有點久，撇頭看了偉仔一眼，偉仔笑咪咪地看著她。

然後又過了一分鐘，再過了一分鐘。

「哈囉，在嗎？」佳琪嘟起嘴，敲著鍵盤。

「吳佳琪，其實我有喜歡的人了。」宇晴的帳號傳來這樣的訊息。

佳琪抿住了嘴，深吸口氣，雙眼僵直直的，雙手僵凝在在離鍵盤上端數公分，許久之後，她覺得自己應該回些什麼，這才胡亂打著字，她看著輸入欄裡頭一串言不及義的字總是拼錯注音，只好刪去修改，修修改改，一串話還沒傳出，宇晴的訊息又傳來了：「所以我真的不能娶妳啦……嗯，我還有事，掰囉……」

宇晴下線。

「呃？」佳琪呆愣愣地抹去雙眼中的朦朧水滴，想看清楚那句話是什麼意思，她仔細看了三遍，一張臉蛋訝然極了。

她撇頭，見到偉仔一副做了虧心事般地提著黑黑的塑膠盒子準備起身要走，她覺得自己像是突然掉進冷凍庫裡，慌忙連按著滑鼠，調出她和宇晴的通話紀錄，然後尖叫。

「宇晴，我愛你。」「你可以娶我嗎？」「我很美耶。」「我想要嫁給你。」「你好帥我好喜歡你」……

那是偉仔趁著佳琪洗澡時，偷偷亂玩姊姊的ＭＳＮ，向才上線的宇晴發出一連串的訊息，然後他們開始對話——

宇晴：「妳幹嘛啊？」

偉仔：「我向你告白啊。」

宇晴：「……」

偉仔：「我愛你。」

偉仔：「我屁股很大喔。」

偉仔：「咪咪也很大。」

「吳家偉——」佳琪暴跳尖叫地衝追著偉仔，偉仔捧著他的黑黑逃向房間，將房門大力闔上，佳琪卻及時一把抵住了門。

「你幹嘛那樣！」佳琪尖吼著。

「我只是幫妨嘛，愛就要講出來，是老師說的！」偉仔慌亂地跳上了床，抓著棉被就要將自己和黑黑一同裹住。

「怎麼了？」爸和媽一個從廁所、一個從廚房追來，只見到佳琪怒不可抑地一把掀起了偉仔的棉被。

裝著黑黑的塑膠盒子給拋上了半空，翻了好多個圈圈之後摔砸在地上。

「黑……」偉仔驚慌地要去救他的黑黑，卻讓佳琪一把揪住了領口，重重的三巴掌拍在偉仔的腦袋瓜子及臉頰上。

「你混蛋——」佳琪漲紅著臉尖叫，被趕來的爸爸媽媽拉開。

「佳琪，妳做什麼！」爸爸見佳琪出手極重，驚訝中也起了惱怒，他握住了佳琪盛怒之中還欲攻擊偉仔的手，也甩了佳琪一巴掌，怒斥：「妳怎麼這樣打弟弟？」

「哇——」佳琪嚎啕大哭了起來，甩開爸爸的手，摀著臉跑開了。

「哇——」偉仔則是一面抱著頭，推開試圖攙扶他的媽媽，哭著去端起他的塑膠盒，裡頭的黑黑啪答答地掙扎，牠左邊翅鞘在摔砸的過程中折斷了，露出底下折壞了的透明下翅，偉仔哭得更大聲了。

□

佳琪鎖著門，並不理會外頭媽媽的叫門聲，她哭得哽咽，心中十分委屈，她覺得爸媽放縱偉仔耍無賴、說賤話，卻對自己十分嚴格，讓她覺得很不公平，她朦朧看著自己的眼淚一滴滴地落在草綠色的棉被套上。

外頭的爸爸媽媽已經知道了大致上的情況，媽媽慈顏悅色地叫門，爸爸哭笑不得地訓誡起偉仔：「你幹嘛亂用姊姊的帳號，姊姊是女生，你怎麼可以這樣整她？」

「我看她愛上宇晴，想幫她忙嘛……老師說愛就要說出口啊……嗚……黑黑。」偉仔一面摀著讓佳琪兩記巴掌搧得通紅發脹的臉頰，泣不成聲地看著塑膠盒中行動變遲緩許多的黑黑。

□

「小妹妹，妳有沒有不想要的東西？可以給婆婆嗎？」

「喵——嘎——」

「小妹妹，妳有沒有很討厭的東西？可以給婆婆嗎？」

「喵——嘎嘎——」

在深夜的夢境中，佳琪反覆聽見一個年邁的說話聲音，和一個沙老乾啞的貓叫聲音。

「我討厭偉仔和他那隻臭蟲子，討厭！討厭死他們了！」佳琪即便在夢中，都感到對弟弟的氣憤，她在迷迷濛濛中喊著。

跟著佳琪覺得那年邁的蒼老聲音像是在笑，又像是細細碎碎地和她說著什麼。

□

佳琪再度醒來時，已經是第二天的早晨了，她讓一聲嚎哭驚醒，那是媽媽的叫嚷聲，佳琪匆忙奔出門外，見到爸和媽將軟綿無力的弟弟抬出了臥室，放在沙發上。

媽媽哭著嚷嚷偉仔的名字，爸爸抓著頭找車鑰匙，還憤怒地瞪了佳琪一眼，斥責著：「妳對弟弟出手太重，妳把他打成腦震盪了！」

「偉仔年紀比妳小，妳打他不可以太大力。」媽媽也怨懟地這麼對佳琪說。

「唔？」佳琪深深吸了口氣，幾步走上前，怔怔地望著沙發上的偉仔的臉，此時的偉仔表情平靜，像是沉沉睡著一般，手上還揑著他的黑黑。黑黑的彎形大鉗半張開，一動也不動，想來也已死去了。

佳琪覺得四肢都不聽自己使喚了，她撲地坐倒在地，此時偉仔的面容看起來比平時可愛多了，好像是很久很久之前吧，佳琪覺得這個弟弟可愛極了，他的臉蛋圓嘟嘟的、小腦袋又聰明靈巧、時常說些惹人憐愛的話，什麼時候弟弟變得如此討厭了呢？

佳琪望著此時沒辦法張口說話、亂玩甲蟲的偉仔，忍不住伸手搖了搖弟弟的頭，呢喃說著：「喂……喂……」眼淚嘩啦啦地流了下來。

下樓暖車的爸爸又匆匆地奔了回來，喘吁吁地將偉仔抱起，轉身要下樓，媽媽也匆忙起身，拿找皮包檢查當中的健保卡和其他證件，急忙忙地跟在爸爸背後，踏出陽台時，還轉頭拭淚，對佳琪說：「佳琪，妳若是有什麼不舒服，自己向學校請個假，媽待會回來照顧妳。」媽媽說完便急急地要走。

「媽，對不起……我不是故意要……」佳琪哭著追上，哽咽地喊：「媽！」

樓下的汽車引擎聲鼓動響起，不一時，載著偉仔的車已經遠離了巷口，剩佳琪一個人呆愣愣地站在陽台落淚。

這天佳琪上學時，並沒有看到什麼門。

學校裡，佳琪不敢主動向宇晴解釋些什麼，他們的互動幾乎只有在放學後的網路上，好幾次佳琪忍不住想要上前和宇晴說「那是我的壞弟弟幹的好事」，但宇晴像是刻意避著她，身邊總有些朋友，她便不敢那樣做了。

風輕輕淡淡的，一天就這麼過去了。

她下課後回到了家，家中空空蕩蕩，語音答錄機裡有媽媽的留話，說是要在醫院照料弟弟，要佳琪自己用晚餐。

語音留言最後，媽媽哽咽了。「醫生檢查不出原因，但也有可能會變成植物人……」

佳琪感到一陣透體冰涼，她摀住了口，衝進自己臥房，撲上床，嗚咽哭著：「我不是故意的……」她這麼說時，還拿過枕頭旁的筆記簿子，不停在上頭寫著「我不是故意的、我不是故意的、我不是故意的……」

她哭得累了，隱隱睡著，似乎跌入了夢境中，她睜開眼睛，隱約可見一片亮白迷濛。

「喵嘎——喵嘎嘎——」怪貓的叫聲沙啞難聽。

「小妹妹，謝謝妳把不要的東西給婆婆，婆婆很喜歡。」婆婆嘻嘻笑著。

佳琪感到自己彷彿身處在一個虛幻不清的房間裡，所有的東西都是迷迷濛濛的，也隱約聽見偉仔的說話聲音。

她急急喊叫：「不……我沒有說要把偉仔給妳，妳是哪位啊？」

「我？我就是我，不然是誰啊。是妳自己不要的，妳不是最討厭妳的弟弟，最不想要妳的弟弟嗎？」老婆婆語音尖銳地反問。

「我……我不要……不表示要給妳啊……」佳琪見到朦朧白光中隱約有個傴僂矮小的身影，緩緩地向她走來。

「唔——」佳琪自床上驚醒，嚇出一身冷汗，她終於將那年邁說話聲、怪貓叫聲，和前幾日她在樓梯間所見的門中事物連在一起了。

是那扇門，應該說是那扇門裡的老太太抓走了偉仔。

佳琪這麼想起時，連忙下床，衝出房門外，此時過晚上十點，客廳一片漆黑，爸爸媽媽仍然沒有回來，醫院中的偉仔昏迷不醒，但只有佳琪知道原因，她奔衝下樓，左顧右盼，一下子到了樓下，卻不見那扇門的蹤跡。

她不死心，轉身上樓，這一次她更加仔細地掃視任何角落，樓梯階上、牆面、天花板，一直到了自家門前，仍然沒有那扇鏽紅色鐵門的蹤跡。

她抬頭，聽見頂樓天台上發出了窸窸窣窣的聲音。

她順著樓梯向上，頂樓兩扇門各自通往兩處天台，其中一面天台已經加蓋上了建物，因此她便轉向朝著未加蓋建物的自家樓頂走去。

頂樓天台極黑，這一夜沒有月亮，只有四周燈光隱隱還亮著，她見到水塔邊蹲著一個人，彎駝著腰，鬼鬼祟祟不知在幹什麼。

佳琪遲疑了半晌，不敢上前，那人卻突然回頭了，是個陌生男人。

男人手中還捏著個空袋子，他吊著眼睛看著佳琪，表情漸漸從呆滯轉變爲猙獰，然後他倏地站了起來，第一步像是踏空階梯的醉漢，朝一旁的水塔重重撞了一下，但隨即站穩身子，伸手就要抓佳琪領口。

「噫——」佳琪連忙轉身要逃，但男人那隻粗大的手已經摀住了她的口鼻，她嗅到男人手上傳來一陣濃厚的強力膠味。

她想起了樓下那張貼了數日的傳單。

男人攔腰一抱，勒摟住佳琪的腰，將她雙腳勒得離地騰空，然後向水塔底下陰暗處大步走去。

「唔！唔！」佳琪雙腳猛蹬，雙手撲拍，但那男人卻毫無知覺般，將佳琪按在地上，摀著她的口，騎上她的身，像隻貪婪的豺狼，將臉湊近佳琪臉蛋。

「唔——」佳琪驚嚇得不停顫抖，眼淚如泉狂湧。

喀啦——門開了。

那男人呆愣停下了動作，佳琪也斜著眼睛，愣然看著身側不遠處，那扇微微敞開的鏽紅色鐵門便貼在隔鄰天台加蓋建物的牆面上，由於門的角度有些歪斜，門軸一側位置較低，門把一側位置較高，因此當門微微敞開後，鐵門便緩緩地、嘎嘎吱吱地繼續滑開。

吸膠男人張開了口，指著那紅門噫噫啊啊叫著，極度震驚怎地突然多了扇門。

佳琪早已見過那門數次，此時的驚訝自然不若那吸膠男人，她趁這機會，膝蓋一撞，撞在男人胯下。

那男人嗚咿一聲，疼得朝那門倒去，佳琪掙扎站起，卻不是向後奔逃，而是跨過了那男人的身子，要往門裡衝，她衝進了門中，聞到一股老舊、黴酸的氣味，那門後是一條彎折長廊，兩側是黃腐色澤的木板，遠處的天花板亮著一盞小燈，偶爾閃爍幾下。

佳琪愣在長廊中，驚訝這景象怎麼和上一次她從門縫見得的客廳模樣不同。她這一遲疑，男人的手又搭上了她的肩，她尖叫一聲往前奔，順著長廊向深處跑。

男人本來應當要害怕的，但他吸了膠，神智不清，此時門裡的模樣倒和他的迷糊神智有些相似，都是迷迷濛濛的，他望著前頭的佳琪背影，怒火一來，噫噫呀呀追了上去。

佳琪跑著，只見到兩側廊道時而狹窄，時而略寬，還有一扇扇門，全是木門，色澤、高矮各自迴異的木門，那長廊像是永無止境一般，她一面跑，一面轉頭，每一次轉頭，都見到那吸膠男人離她更近了。

她伸手旋開了一扇門，閃身進去，裡頭是一處客廳，陳舊、古樸，桌几旁有一張躺椅，上頭坐著一個老婆婆，懷中捧著一隻貓，回頭望著她；另一張椅子上坐著的是許奶奶，也抬起頭凝望著她；然後，是偉仔，偉仔瞪著大眼睛，手上還捏著他的黑黑，一見到姊姊讓那吸膠男人摀著口，攔著腰又要給拉出門外，連忙高嚎叫起。

「是那個壞人！是那個壞人！」偉仔手一鬆，拋下了黑黑，朝佳琪和那男人衝去，揮拳捶打著那男人的身子，那男人抬腿想要踢偉仔，卻讓偉仔抱住了大腿，張開口猛力一咬。

「嗚哇！」男人嚎叫一聲，緊接著又被向後猛一跳的佳琪撞著了下巴，這才鬆開了手。佳琪拉著偉仔往客廳深處逃，她害怕躺椅上那婆婆，在經過她身邊時，還不由得打了個顫。

「偉仔，這裡是哪裡？爲什麼你會在這裡……」佳琪和偉仔奔到了角落，細聲問著。

偉仔則抄起一柄橫擺在角落的掃把，攔阻在佳琪身前，將掃把頭指著那摀著臉的吸膠男人，說：「你這個壞人，不准你欺負我姊姊！」

那吸膠男人口鼻發出像是瘋牛一般的吸氣聲，他掄著拳頭，向眾人咆哮：「這裡是哪裡？你們是什麼人？」

「這裡是『回憶屋』！」偉仔大聲向那人答：「所有被丟掉或是自然死掉的東西，都會被灰婆婆撿走。姊妳看到的門，就叫作『遺棄之門』。」偉仔一面說，一面看向躺椅上那婆婆。

「灰婆婆，我說的對不對？」

那婆婆的模樣看來似乎比佳琪上次所見還要再更老些，兩隻長眼睛迷濛渾濁，咧著嘴巴笑咪咪地回頭望著那吸膠男人，一手還不停撫摸著懷中那隻怪貓。佳琪也將那貓瞧了個仔細，那貓的樣貌難以形容，是一隻不像貓的貓。

「呵呵……呵……」婆婆朝著偉仔笑，點點頭。

「你們在說什麼？你們是誰？」那吸膠男人大吼大叫著，他見到了那婆婆的老怪樣子，向後一退，後背卻抵在一堵牆上，他身後的紅門，也就是他方才進來的那扇門——那扇「遺棄之門」，已經消失。

吸膠男人吸了口氣，像是隻被激怒的鬥雞，跳著叫著，他吸嗅入肺的強力膠發作愈旺，神智也更加不清，他見那躺椅上的婆婆只瞅著他笑，一句話也不說，怒火一起，掄著拳頭就往那婆婆衝去。

「喵嘎——」婆婆懷裡那隻怪貓沙叫一聲，躍了起來，四肢怪異伸張，飛撲在男人的臉上，怪貓口一張咬住了男人的鼻子。

「哇！」無論男人怎麼扯，怎麼揪尾、拉腿什麼的，都無法將那怪貓從他的臉上扯下，激動之下亂衝亂撞，踩著地上一只空酒瓶子，轟隆滑倒在地，全身像是散了一般地爬不起來，那貓這才跳上他的胸腹，仰高脖子難聽地叫了起來。

「姊，我幫妳介紹，這是回憶屋的灰婆婆！她好厲害，什麼都會！」偉仔將姊姊往灰婆婆那兒拉去。

灰婆婆唉喲唉喲喊了兩聲，駝著背站起，向佳琪搖搖手說：「我只是個收破爛的老太婆……妳心裡如果有不要的東西，就看得見我家……當然不是每個人都看得見……」

「嗯嗯……」佳琪應了一聲，有些心虛地看了看偉仔。

偉仔摸著自己的黑黑，突然抬起頭，張大眼睛望著佳琪，跟著也心虛地低下頭，左晃右晃，又拉拉佳琪的衣角，再抓抓頭，然後哭了：「姊妳幹嘛不要我啊？」

「我……我哪有不要你，我只是揍你兩下而已。」佳琪摸摸偉仔的腦袋，說：「還會痛嗎？我打太大力了。」

偉仔搖搖頭，又點點頭說：「有一點……」

那灰婆婆張開沒有牙齒的嘴巴，呢喃地說：「小妹妹，婆婆問過妳，妳說妳最討厭弟弟，現在反悔也不行啊。」

「我！」佳琪一時之間也不知該如何解釋，只能將偉仔推到了自己身後，說：「我要帶他回去。」

「不行，婆婆我是收破爛的，妳有討厭的東西、不要的東西，婆婆就要！」灰婆婆嘿嘿笑著說，眼睛一睜，射出青光，將佳琪嚇得向後退了幾步。

一直未開口的許奶奶舉起顫抖的手，指著地上那讓怪貓壓著動彈不得的吸膠男人，微笑著說：「那……小琪妳把他送給灰婆婆好了。」

「好……好啊！」佳琪像是抓著了浮木的落水人一般，趕緊對著灰婆婆說：「這個人是大變態，我討厭的是他，不是我弟弟！」

「我也討厭他，他是壞人！」偉仔補充，將掃把往那男人身上扔。

那吸膠男人躺在地上咿咿唔唔地呻吟，壓在他身上的怪貓彷彿有千斤重，釘住了他全身，他怎麼也無法掙起。

「好吧……」灰婆婆來到了佳琪面前，轉過頭看向那男人，緩緩地點點頭，又對佳琪說：「小妹妹，那妳可以把妳弟弟帶回家了……不過要先吃一個豆沙包……」

佳琪嗯了幾聲，又是驚喜、又是疑惑地拉著偉仔要往方才門的方位跑去，但那兒的門早已消失。偉仔倒是一點也不驚慌，他反過來抓著姊姊的手，拉著她往另個方向奔去，來到了像是廚房一樣的地方，四周古舊，流理台上的橫架子插著各式各樣、各個年代的老舊菜刀，有幾塊砧板，大大小小的空罐空瓶子，和那廚房末端的一扇門。

佳琪走向那門，握了門把，卻旋不開，只見偉仔倒是老神在在地從一旁的大蒸籠裡取出兩個豆沙包，遞了一個給姊姊，對她說：「妳忘了灰婆婆要我們吃下豆沙包才能走喔。」

佳琪不解，但還是照著做了，她細細嚼著手中的豆沙包，感到有種充實飽滿的滋味，她正好也肚子餓了，一口接著一口地吃，只聽見外頭那男人發出了不大不小的求饒聲，她望向弟弟，問：「那個壞人會怎樣？灰婆婆她到底是什麼人？」

「其實灰婆婆人很好，就算姊妳沒來，我猜她應該也會放我回家，啊，黑黑！」偉仔將手中最後一塊豆沙包嚥下，見到他的黑黑振翅追來，高興地伸手去接。

佳琪也吃完了豆沙包，這才伸手去扭門，木門一下子敞開，迎面來的是熟悉的味道，是她的臥室的味道。

她拉著偉仔，只跨出一步，就不知道自己發生什麼事了。

□

清晨的陽光照進房中，灑在佳琪的臉蛋上。

「佳琪、佳琪……」媽媽拿著落在地上的筆記簿子，翻了翻，笑嘻嘻地拍著佳琪，對她說：「還在睡啊，妳看看是誰回來了。」

佳琪茫然地坐起身來，望了望媽媽，又從房門看出，偉仔活蹦亂跳地追著在客廳中飛舞的黑黑，高興叫著：「哇——我的黑黑復活了！」

「家偉醒啦！」佳琪心中的大石終於落下，下床奔出房外，來到偉仔面前。

偉仔見了姊姊，收去嘻笑神色，說：「以後我不會亂動妳的帳號了……姊，對不起……」

「嗯。」佳琪也揉了揉偉仔的頭，說：「我以後揍你會盡量小力一點就是了……」

「和好就好，別過沒多久又吵架了。」爸爸伸著懶腰，坐在沙發上看報紙，斜眼看了看兩人。

媽媽則走來，按了按佳琪的肩，說：「女兒啊，妳有什麼心事就說出來，媽聽妳說……」

「我……我哪有什麼心事？」佳琪皺了皺眉，覺得臉蛋開始發燙。

「有，她有心事，她愛上他們班上的宇晴，哎……」偉仔才這麼說，就被佳琪捏著了嘴巴，不准他繼續說下去。

「妳昨天不是說什麼小小的、舊舊的門？」媽媽這麼問。

「什麼門啊？」佳琪一臉不解地問，在踏出回憶屋的廚房那扇門時，她一切跟那扇門的相關記憶，都留在那間屋子裡，她不會再看見那扇門，也不會再記得那扇門和灰婆婆的事。

她只是隱隱地感到，眼前這個蹦蹦跳跳的臭小子，似乎稍微不那麼討厭了，稍稍有比較像是自己的家人了。

「你告訴姊姊，如果有壞人欺負你姊姊，你要怎麼辦？」媽媽在旁隨口問說。

「我會保護姊姊，再用我的『黑黑爆破』打瞎壞人的臉，像這樣子，砰──」偉仔一面說，一面將他的黑黑輕輕往天上一拋，黑黑在空中繞著圓圈飛。

此時他們還不知道，那個壞人在前一晚，便悄悄地死在某個街道旁的電線桿底下。

從那吸膠男子的表情可以看出他的驚恐，沒有人知道在這個吸膠變態的身上，究竟發生了什麼事。

下一扇「多出來的門」會在世上哪個角落出現，也沒有人知道。

末日大樓

00 楔子

世界很大，不同地方的人，發展出不同的文化、信仰、思想和語言，但人們在各式各樣的歧異裡，也存在著一些相同的認知，例如對弱小的憐憫、例如對惡人的憎恨、例如對自由的渴望、例如愛，以及生而爲人的基本善惡辨別，這些東西，我們稱之爲人性。

然而人性，其實很脆弱，時常一不小心就被信仰、利益，甚至於恐懼矇蔽或者摧毀了……

人性有時像是一塊忘了收起的麵包或是肉塊，從新鮮到腐壞，不是一瞬間，而是一段漸進的過程。

身爲一塊腐爛的肉，我已經走到最終了嗎？

似乎還沒有，那麼在走到最終之前，我還能否回頭？

十天前，我沒想那麼多，那時的我正忙著用螺絲起子、剪刀和老虎鉗，拆卸一個將自己包裹得像是螃蟹或是甲蟲的少年身上的自製鎧甲。

我毛躁地拆下他胳臂那手甲時，有些驚訝，他的胳臂比我想像中更細了些，那不像是一條有勇氣拿起球棒攻擊我們的胳臂。

我只稍稍大力，就折斷了那條胳臂。

他的哀號聲細如蚊蠅，大概沒有半點力氣了。

幾小時後，我和同事把他裝進大紙箱裡，紙箱裡的他，被我擺得方方正正，青蒼稚嫩的臉孔，要是有點血色，應當是那種在學校裡笑咪咪的安靜孩子吧。

爲什麼這麼一個笑咪咪的安靜孩子，不繼續笑咪咪、不繼續安靜下去呢？

我們用膠帶封起紙箱，拿起一枚大印章，壓壓印泥，在紙箱上重重一按，印出鮮紅如血的兩個大字——

不乖

01 不乖

我叫張天林，我是一名大樓管理員。

我任職的這棟大樓，地上四十八層、地下八層，屋齡超過二十年，有個響亮的名字——曙光大樓。

此時此刻，我正推著大型手推車，載著四箱擠壓變形的紙箱進入電梯，往樓上運送。

在曙光大樓四十樓裡，箱皮上印著「不乖」、箱角下滴答著暗沉液體的紙箱，堆積如山。

我盯著紙箱一角，那染暈了紙箱邊角的暗沉污跡，似乎是紅色。

對了，就是紅色。

很好，我還認得出來這顏色是紅色。

是血的顏色。

寬闊的載貨電梯嗡嗡作響，燈光青冷閃爍，從四樓登上四十樓，需要一段時間。

我的鼻端又聞到了濃濃的血腥味，我的頭開始痛了，我緩緩抬頭，東張西望，整座電梯廂裡斑斑點點的污跡有鮮紅、有暗褐，顯然潑濺於不同時期，來自於不同人。

我甚至記得，這之中有些痕跡，出自於我的手。

我身子不由顫抖起來，這幾個月，我究竟幹了些什麼？

叮咚一聲，電梯抵達四十樓，電梯門打開，我推著推車出去。

瀰漫在走廊中的血味和腐味腥濃刺鼻，我推著推車進入四十樓其中一處本來應當作爲辦公空間的寬闊倉儲中。

我推著推車來到一面堆疊成山的紙箱牆前，在其他管理員協助下，將四箱紙箱抬下推車，往紙箱堆堆疊。

管理員同事阿六忙著將調製妥當的液體，裝入一具噴灑農藥裝置中，揹上，往堆疊成山的紙箱堆噴灑，功用似乎是延緩紙箱裡的「東西」進一步腐化、發臭。

我茫然望著阿六，腦中一片空白，他到底在幹嘛？

才這麼想時，我更加驚覺，那我又在幹嘛呢——就在剛剛，我從四樓將這些滴血紙箱扛上手推車，運上四十樓這間倉庫，等待刑女士差人將紙箱送入祭壇。

送入祭壇之後的紙箱會變得如何，我不知道。

但我卻知道這些紙箱裡，裝的全是這棟大樓的住戶。

住戶們被裝進紙箱前，多半斷氣了，少數還存留一口氣或者半口氣。

他們之所以被裝入紙箱，是因爲——不乖。

這幾個月，每當我的思緒觸及到類似的問題時，腦袋裡就會自動響起像是這樣的聲音——「他們不乖！」「這些人，就是因爲不乖，所以得到這樣的結果。」「全是他們自找的！」

我搖搖頭，試圖將再次迴盪在腦海裡的聲音從我的頭顱裡驅離。

那不是我要的答案，雖然我之前十分相信這些「答案」，我乖乖照著腦海裡的聲音，操著棍棒，打破那些試圖阻擾刑女士社區改造計畫的住戶們的腦袋、打斷他們的肋骨，將他們的手腳凹折到正常情況下不可能達到的角度，或是將辣椒水往他們的眼睛灑、往他們的鼻腔裡灌。

躺平在我棍棒之下的住戶接近百人，我的手腕甚至因爲施力過度，發炎疼痛到難以繼續持棒打人的程度；大樓管委會暫時將我從第一線工作崗位，調離到第二線，每日負責將一個又一個的紙箱送上四十樓紙箱倉庫中。

倉庫裡濃郁的氣味令我頭暈反胃，我喘了口氣，揉揉貼著膏藥的手腕。

「小張，累了的話先休息，我叫其他人送上來。」阿六這麼說。六個月前，他的工作和現在八竿子打不著，他在三條街外一間麵店賣麵。

刑女士當上主委之後，發表了社區改造計畫，招募了兩、三百名大樓管理員——很荒謬對吧，是什麼樣的大樓，需要幾百名管理員？

即便我們大樓，是國內數一數二的住商混合大樓，整棟大樓扣掉商辦外，兩千戶住宅單位，超過四千名住戶，也不需要幾百名管理員，不是嗎？

然而刑女士開出的驚人價碼，令大樓住戶們前仆後繼地投遞履歷，千方百計想要得到這份工作——包括我在內。

我想那時住戶們應該都鬼遮眼了……不！仔細想想，應該在更早之前，從刑女士搬入大樓那時開始，就有些不對勁了。

刑女士搬入這棟大樓不到一年，她初搬入大樓，立刻就成了整棟大樓、整個社區的風雲人物，她主動出錢解決了爭執許久的頂樓漏水問題、解決了地下停車場大批機械車位年久失修的設備問題，甚至替這高聳壯碩的大樓做了外牆拉皮翻新。

很快地，她在眾人擁戴下選上了大樓主委，發表了「社區改造計畫」。

然後立刻收到了反對的聲音，因爲那篇改革計畫，誇張得不像是能夠在現代文明社會裡實現的計畫。

在社區改造計畫中，整棟大樓住戶必須捨棄過去一切信仰、上繳自家祖先牌位，改爲供奉刑家列祖列宗，所有住戶從計畫生效日起，將成爲刑女士的「子女」，視刑女士爲超越一切的「母親大人」。

誇張到了極點，對吧？

這聽起來像是奇幻電影怪異組織的邪惡計畫，就這樣張貼在社區布告欄上、投遞進每戶人家信箱中。

奇妙的是，劇烈的反對聲浪在曙光大樓被一片不知從何而來的血腥雲霧包覆數日之後，漸漸變小了。

紅色的雲霧像是有著神奇的魔力，將整棟大樓的住戶熏得迷迷糊糊，一個個畫押簽字，紛紛繳出家中所有權狀、戶口名簿，拆除家中神桌或是十字架，換得刑女士那張印得熱騰騰的「兒女證」。

直到今日，整棟曙光大樓依舊被籠罩在奇異雲霧中，每扇窗戶打開來，只能從腥紅霧氣中隱約見到對街樓宇燈光。

整棟大樓，彷彿與世隔絕。

隨著改造計畫第二階段展開，住戶們開始辭去原有的工作，投入刑女士手下管委會重新分派的工作；甚至搬出原有自家住戶，轉入被分派進入的樓層、住宅中。

在大樓裡某些「不乖」的孩子口中，流傳著刑女士在頂樓架設祭壇，使用黑魔法召來這奇異血霧蠱惑人心的謠言。

然而這說法尚未經過證實，現在大樓四十樓以上都是禁區，只有刑女士及她身邊親近人士能夠進出，即便身為管理員的我，最多也只能夠在四十樓內載運那些滴著血的紙箱。

我這半年的管理員工作，大部分是在捕捉、懲罰那些不受血霧影響、不乖乖供奉刑家祖宗、不將刑女士當作母親大人的「不乖」的孩子們。

說是孩子，其實都是大樓住戶，是我過去的左鄰右舍。有十來歲的少年，也有七老八十的老傢伙們。

有好幾個月，我不知爲何忘了他們其實是我的鄰居這件事，我對他們懷抱著憤怒，怨懟他們「不乖」、對刑女士不敬、不停給管理員們添麻煩，甚至破壞大樓設施，還使用暴力攻擊我們這些崇高且勞苦功高的偉大管理員大人們——是的，在那段時間裡，我眞的覺得自己很偉大。

所以那時候，我舉著棍棒打在不乖的孩子身上，打斷他們臂骨和脛骨、打裂他們肋骨和頭蓋骨，我也不感到愧疚，反而有種光榮感，我覺得手中打彎了的棍棒，是母親大人及列祖列宗賞賜的聖劍、我施予在不乖的孩子身上的武力，是神威、是天罰、是撕裂黑暗的光。

全都怪——他們不乖。

乖乖聽從母親大人的吩咐，不就什麼事也沒有嗎？

大樓每一個兒女都乖乖順從社區改造計畫，大家和樂融融地相處，不好嗎？

這樣的概念推廣到全世界，早就天下太平、世界大同了，不是嗎？

說來慚愧，直到兩週前，我的大腦依舊被類似的想法佔據著。

02 兩個便當

交班時間一過，我加快腳步遠離管理室樓層——

曙光大樓四樓，一整層樓都被規劃成大樓警衛、管理區域，應當前所未見；在這層警衛、管理區域裡，除了待命、辦公區域之外，另外設有數十間審問室和數百間拘留室，常駐著超過百名值班管理員，囚禁著數百名「不乖」的住戶。

這些住戶們有些祕密串連，企圖摸上頂樓破壞他們以爲存在的那個祭壇；有些則試圖突破封鎖，逃出大樓；有些不服從改造計畫，拒絕管委會指導搬遷和轉業；有些煽動其他住戶反抗刑女士；有些光明正大地在我們面前聚眾示威；有些對刑女士不敬；有些對管理員口出惡言……

這諸多行爲方法不同、目的不一，大方向來說，就是「不乖」。

我們這些管理員，値勤時像是戰士，全副武裝擊破這些聚眾滋事的壞孩子；有時也像條獵犬，嗅出那些沒有明顯從事有害行爲，但心中藏著「不乖」氣息的住戶。

幾個月下來，我敬業地嗅出好多住戶心中的不乖味道，我將那些壞孩子們打倒在地，帶進四樓，進行後續審問。

我們在審問室裡審問這些壞孩子們的花招千奇百怪，共通點是這些花招，都會令那些壞孩子齒顫膽裂，或是讓我們管理員們覺得興奮有趣。

有些管理員，甚至會興奮到射精。

我倒是還沒有那樣的經驗，這表示——我還有得救？

我不敢繼續推估自己的狀況，原因是我怕推估出來的結果令我失望……我大力捏著發麻的臉，提醒著千萬別讓自己再回到兩週之前的狀態。

我來到六樓餐飲區裡一處便當攤位，購買一個雞腿便當和一個排骨便當。

「小張，這麼餓，吃兩個便當？」便當攤老闆笑呵呵地向我打招呼，他本來在外開便當店，爲了配合刑女士的社區改造計畫，將店面出售，搬入大樓裡，與其他上百名住戶，在管委會規劃出的六樓餐飲區域負責整棟大樓所有人的三餐外加宵夜。

「嗯……」我含糊回答了這個問題。「是呀，最近胃口大，老覺得肚子餓……」

「那些壞蛋太壞了，對付他們累壞了吧……」便當老闆對我舉了舉拳頭。「好好修理那些傢伙。」

「嗯。」我摸摸鼻子，提著雞腿和排骨便當走進電梯——在刑女士的社區改造計畫中，四樓整層作爲警衛、管理之用，六樓是餐飲和商店樓層，那麼五樓便規劃成我們這些管理員專屬宿舍了，我被分配到一間單人套房，比起過去我位於十七樓那間兩房一廳的私產，這單人套房狹小許多，原住戶是個單身上班族。

那個單身上班族的現況——兩個多月前，她在一次抗議社區改造計畫小集會裡，和幾位街坊被我們逮回四樓拘留室審訊幾日之後，被我親手裝箱了。

至於這些不乖的孩子們被裝箱送上四十樓的後續情況，大部分管理員都不知道，大家似乎也無意去了解，畢竟這些人在被裝箱之前，差不多就已經抵達人生終點了。

我提著兩個便當，並沒有返回五樓宿舍，而是來到十七樓舊家門前。

我左右看看，刻意咳嗽幾聲，還取出鑰匙大力搖了搖，讓鑰匙圈上的小鈴鐺發出一陣叮噹聲。

然後才開門。

房中一片漆黑。

我關門上鎖，再上第二道鎖，然後是第三道鎖。

然後我開了燈，雙人沙發上，有個女人抱膝坐著，身邊還擠著個五歲大的小女孩。

女人和小女孩神情茫然地看著我。

「沒事，來吃飯了……」我舉起手上的便當，晃了晃，放上桌。

小孩望著便當，聞到炸雞腿和炸排骨的香味，嚥了口口水，女人探身取出便當，抬頭問我：「哪個是我們的？」

「一個妳吃，一個小佟吃，妳們自己決定。」我在衣櫃前匆匆挑了換洗衣服，我得洗個澡，我想要盡快洗去沾染在身上的血腥味。

我仰起頭，讓熱水淋濕頭臉和身子，我在刷子上擠了大量沐浴乳，大力刷洗全身；我特意買了香氣濃郁沐浴乳，但我的鼻端仍然嗅得到淡淡的血味和腐味，讓我不禁懷疑，這種令人不悅的氣味，其實從我身體裡透出的？

我很清楚自己身上和心裡的髒污，可沒有這麼容易隨著熱水流入排水孔，我望著自己的雙手，這幾個月來被我裝入紙箱的男人女人、年輕人和老人，他們每一張臉我都記得。

之前有段時間，我假裝不記得。

沾上身的髒，可以被水洗去；但做過的事，卻洗不掉。

我走出浴室，見到兩盒便當被裝了盤，分量還變多了——她用電磁爐和小鐵鍋，將便當白飯配著冰箱少許剩菜和雞蛋炒成了炒飯，小佟捏著筷子，握著小拳頭，目不轉睛地望著我，像是在等待我說出「開動」兩個字。

「快吃，不用等我。」我上前摸摸小佟的頭，將雞腿挾進她碗裡，她立刻大口啃起來。

骨。

我吹著頭髮，望著女人和小佟扒著飯，心頭微微發暖。

四周雜物都已經打包裝箱，我將紙箱當成凳子，望著沙發上的母女大口扒飯，啃食雞腿排

女人叫嘉惠，年紀和我相仿，一年前和老公離婚，帶著女兒小佟來到曙光大樓投靠她大姊；她大姊為人熱心、嗓門大，知道我單身，曾經想將嘉惠介紹給我，我其實挺樂意的，雖然她離過婚，有個女兒，但仍然十分美麗，且我年紀也不小了。

我個性溫吞，每天出門返家，見了面打個招呼，不敢主動邀約人家，直到我醞釀了幾個月，買了兩張電影票打算放手一搏時，血雲覆蓋了整棟大樓，接著有好幾個禮拜，我的情緒都處在亢奮的狀態，腦袋裡只想著效忠刑女士，我辭去原本的工作，轉任大樓管理員，每日和反對住戶對抗糾纏，壓根將皮夾那兩張電影票這件事拋諸腦後。

我隨著其他管理員一同搬入五樓管理員宿舍之後，很長一段時間沒有見過嘉惠。

直到兩週前，我才在四樓拘留室裡，再次見到嘉惠。

03 兩週前

那天，管理室值班區外吵吵嚷嚷的。

嘉惠來找她大姊，她說她大姊好幾天沒回家了，值班管理員小良只懶洋洋地要她快滾上樓，乖乖過日子、別吵吵鬧鬧，但嘉惠不死心，直說有鄰居見到她大姊被押入四樓，她越說越激動，罵了小良兩句，被小良扭著手臂押回拘留室，說懷疑她和大樓裡那些壞孩子組織有勾結，晚點要好好審問她。

小良之所以打算「晚點」審問，是因爲當時大樓裡有幾處壞孩子糾眾鬧事，管理員都趕去支援，值班室人手不足，他分身乏術；加上他剛剛才「審問」過一個女住戶，是個女學生——他花了兩、三個小時，將那個青春活潑的女學生「審問」成一只方方正正的紙箱，想喘口氣。

而我，當時將那裝著女學生的紙箱送上四十樓，又返回拘留室，聽小良簡單講了拘留室裡的情況，才想起嘉惠，和皮夾裡的兩張電影票。

小良看上去確實有點累，一週下來他審問了好多年輕女孩子，或許是因爲這樣，對嘉惠沒那麼感興趣，他說交給我處理好了。

我說好。

那時我關起門，在拘留室裡和嘉惠大眼瞪小眼好長一段時間。

我問她平時和大樓壞孩子們怎麼聯絡，她說她沒有。

我問她爲什麼不聽管理員的話，她說她只是想找她大姊，她大姊好幾天沒回家，小佟想阿姨，想得睡不著，她也擔心得睡不著。

她問我大姊上哪兒去了，我說我不知道。

其實我知道——她大姊在幾天前，確實進了拘留室，原因是大姊跑去聲援某樓層裡一群住戶，那些住戶不肯配合改造計畫搬遷到指定樓層，和一隊管理員對峙超過一週，被斷了水電，怎麼也不開門。

那天，包括大姊在內的十幾名聲援住戶，都被押回四樓。

在數個小時的慘叫之後，被帶入拘留室的十幾名住戶，變成了十幾個紙箱。

嘉惠的大姊，還是我親手裝箱的。

我不知該怎麼回答嘉惠的詢問，恰好外出鎮壓住戶的管理員收隊回來了，他們押回來好多壞孩子，有男有女、有老有少。

一間間拘留室變得喧囂吵鬧，各式各樣的聲音混雜在一起，那些聲音分開來聽都十分可怕，混合在一起，更彷如一篇地獄的樂章。

有棍棒砸裂骨頭的聲音。

有扭斷人手指的聲音。

有電擊棒滋滋作響的聲音。

有撕裂衣服的聲音。

有老人悲鳴哀號。

有女人淒厲慘叫。

有小孩嚎啕大哭。

那些年輕漂亮的女孩的拘留室裡通常更加熱鬧，聚集著更多管理員，「審問」的內容通常也更加不堪，我也曾在裡頭待過幾次，親眼見識過人類這種生物所能夠做出來最陰暗、最恐怖的行徑。

我忘了自己有沒有實際參與過這樣的行徑，或許可能有……我口乾舌燥，我的身體似乎還殘留著過去做出那些行徑時的興奮和快感，我聽著四周震天價響、淒厲絕倫的地獄交響樂，心裡激烈掙扎著——我曾經愛慕過的人正在我的眼前驚嚇哭泣，我想對她做什麼，就能夠做什麼，因爲我是管理員，她是壞孩子——誰決定她是壞孩子呢？她眞的是壞孩子嗎？這些重要嗎？我說她是壞孩子，她就是壞孩子。

「你們……到底在做什麼？」嘉惠哭著問。

「我不知道。」我有點不耐煩——我們做什麼，輪得到你們這些低賤的壞孩子過問嗎？

「爲什麼要這樣對我們？」嘉惠哆嗦著。

「因爲……」我本來想理直氣壯地講出「因爲你們不乖」這個冠冕堂皇的理由，但我突然意識到這個神聖的理由，好像難以成立。

「所以……我姊姊……就是被你們……」嘉惠哭得彎下了腰。「你們……爲什麼可以這樣子……」

我起身，揭開抽屜翻了翻，來到哭泣不止的嘉惠身邊，在她尙未反應過來之際，將從抽屜取出的強效鎮定針劑，扎上她胳臂，推盡管中藥液。

然後，我將漸漸無法動彈的她，裝入大紙箱中，拿膠帶封箱，然後往外運送。

我推著板車經過值班區域時，還和小良打了招呼。

「天林哥，你這麼快就搞完了？」小良驚呼問：「我正想去幫你忙。」他說到這裡，眼睛閃爍出一陣詭譎光芒，嘴角咧開的笑容彷彿能夠爬出惡魔的小手一般。「你怎麼玩她？」

「有點累，隨便幾棒解決。」我揚了揚扭傷還裹著紗布的手腕。「我把她送上四十樓，就不下來了，板車我借幾天載東西，我舊家也準備要改建了，還有不少東西沒整理完……」

「咦？你還沒搬好啊？要小心那些壞孩子膽子越來越大，會找落單的管理員麻煩，前天才有個夥伴被打破頭。」小良這麼提醒。

「好，我會小心。」我快步推著載有大紙箱的板車往外走。

來到管理室外廊道時，隱約還聽見後頭的小良聲聲抱怨：「早知道天林哥這麼浪費，我就自己上了，哎喲……」

□

我沒有將嘉惠送上四十樓，而是送入我位在十七樓的舊家。

嘉惠家就在我舊家門斜對面那戶。

我鄰近十幾戶人家不是乖乖照著改造計畫的指示遷入新樓層，就是和我一樣，因爲家人加入管理員行列，舉家搬入五樓，只有嘉惠大姊那拗脾氣死賴著不搬，結果去了更糟糕的地方。

我將嘉惠放在舊沙發上，拿著封箱膠帶反綁她手腳，也封住她嘴巴。

我坐在地板，抱著膝望著她，腦袋一片混亂，我得好好想一想。

室內燈光很暗，我的表情像是蠟像般沒有任何變化，但是我的內心卻像是颱風天的海岸般波濤洶湧——我到底在做什麼？爲什麼我會把一個本來應該裝箱的壞孩子帶回舊家？就只是因爲我曾經淡淡地喜歡過人家、想要追她？

我病了？腦袋壞了？

我抓抓頭，好幾次覺得我是否該回頭是岸，將她裝箱送上四十樓，完美無缺地繼續當母親大人刑女士的乖孩子；何況，在裝箱之前，我還能夠對她做任何我想做的事情，這是我當好孩子應得的代價，那麼……

那時我不懂究竟是什麼東西在阻礙著我。我腦袋真的壞了？我甚至懷疑是否將窗戶關得太緊，缺乏窗外血雲滋潤，才害我讓壞孩子思想感染，同情起他們。

我起身打開窗，望著黑夜裡朦朧一片的血雲。

血雲湧進窗來，撲了我滿臉，熏得我捧腹嘔吐起來。

「唔唔！」嘉惠醒了，在沙發上掙扎起來。

我關上窗，奔入廁所洗了把臉，我望著鏡子裡的自己，神情猙獰、雙眼滿布血絲，我覺得剛剛那撲面血雲像是母親大人的加持，我體內充滿了神聖的能量，我要繼續當乖孩子了、我要開始工作了。

想歸想，但是當我走出廁所、走向沙發，來到嘉惠面前，望著她驚恐雙眼時，我跪了下來。

我明白了，我不是腦袋壞了，而是「醒來了」。

剛剛廁所鏡子裡那張臉，像是乖孩子的臉嗎？那像是好人會露出來的神情嗎？

我舉起手，紗布下的手腕還隱隱發疼，我想起那天我舉著甩棍，狂毆那少年時，十下有九下都砸在他頭臉旁的地板上，地板比人肉硬多了，所以我的手腕才給震傷了。

我這才驚覺，原來我不只是同情嘉惠，從更早之前，我就漸漸不忍心將棍棒往人頭上砸了，除非他們強姦殺人、是江洋大盜……但他們是嗎？

他們只是不想配合母親大人的社區改造計畫，不想搬出原本的家，不想按照刑女士的吩咐走他們的人生。

這有那麼壞嗎？

有壞到應該被打斷骨頭、打裂腦袋，被百般凌虐強姦之後裝入印有不乖的紙箱裡，永不見天日嗎？

我跪在嘉惠面前，痛哭流涕好長一段時間，哭到嘉惠都不哭了。

「媽媽……妳在哪裡？」

門外廊道，傳來細微的呼喚，我這才停止哭泣，嘉惠也重新掙扎起來。

我認得那呼喚聲，那是小佟的聲音，我連忙出去，摀著小佟嘴巴，將她一把抱回我家。

「別發出聲音，要是被其他管理員聽見，會把妳們母女抓回四樓，到時候，會很慘、很慘很慘……」我在嘉惠耳邊這麼說，然後放開手，讓小佟抱著她，撕下她嘴上膠帶、替她鬆綁。

她緊抱著小佟，瑟縮在沙發上，顫抖地望著我。

「這棟大樓的人……都瘋了……」我不知該怎麼說，只能這麼說：「妳們不想死的話，不能留下來，得離開……」

「大樓不是禁止外出嗎？」嘉惠怯怯地問：「好像是母親大人的命令。」

「妳……」我反問：「眞的相信刑女士是我們的母親大人？」

「我……」嘉惠微張的嘴角有些顫抖，遲疑著像是不知道怎麼回答這個問題；嗯，更像是——不敢回答這個問題，擔心答錯了，就會被貼上「不乖」的標籤。

我猜到她的心思，反而也有些錯愕，突然發現「不乖」這兩個字的定義及代價，竟被我們無限制地擴張解讀到這種境界——

不同意刑女士的社區改造計畫，就是不乖。

不承認刑女士是母親大人，就是不乖。

反抗被分配工作、住處，就是不乖。

對管理員不敬，也是不乖。

管理員看不順眼，就是不乖。

管理員說誰不乖，誰就不乖。

然後我們就可以舉著大義的旗幟，肆無忌憚地將各式各樣的慾望，加諸在這些不乖的傢伙身上了。

包括將他們的骨頭折成一段一段或是敲得碎裂、將他們按在水裡、將他們五花大綁到肢體腫脹發紫、用電線插在他們鼻孔或是身上各處敏感的地方然後通電、揭下他們的指甲、鉗碎手指腳趾、火烙、灌水、針刺、姦虐、淫辱……

最後將斷氣或是即將斷氣的他們，裝箱。

「我想離開這裡。」我直截了當地對她說：「妳如果也想的話，我可以帶妳走，但如果妳不想，我也不勉強。」

那時嘉惠瞪大眼睛，淚水在眼眶中打轉，嚥下幾口口水，點點頭。

04 讓曙光重現

血雲覆蓋大樓之後，除了大樓裡的住戶漸漸不對勁，就連電話、網路也都不對勁了，我們無法對外聯繫，所以對外求救是不行的。

這棟大樓彷彿被整個世界遺忘，數個月來，整棟大樓沒有訪客，住戶們和外界親友全斷絕了聯繫。

除了少數負責採購改建、生活所需物資的管理員之外，沒有人能夠任意出入大樓。

整棟大樓動線經過改造，需要繞過戒備森嚴的四樓管理樓層大半區域，才能抵達前往三樓的電梯和樓梯。

那前往三樓的電梯外和樓梯口，設有檢查崗哨，除了負責採購組管理員外，就算是管理員也不能隨意出入。

何況是帶著一對母女的我。

我甚至打起開窗逃生這念頭——曙光大樓樓頂機房，去年才添購幾具用來清潔外牆、窗戶的清洗機器，那些清洗機器能夠遠端操作、自動清潔，也能夠載人，倘若我能接觸到管理這些外牆清潔機具的電腦……

我這異想天開的念頭很快便打消了，因爲某天我打開窗，想仔細觀察窗外血雲刺鼻程度，我將手伸得長些，立時感到灼痛，這血雲可不只是聞起來刺鼻那麼簡單——滲入窗中的血雲不具殺傷力，卻能蠱惑人心；飄聚在窗外的血雲刺鼻嗆人、令人無法呼吸；離窗再遠些的血雲，彷彿強酸強鹼，能夠腐蝕體膚。

我大膽猜測，數個月來，那些蟑螂般四處流竄、鬧事的壞孩子們，肯定也曾打過「窗戶」的主意，但他們或許在嘗試後知道血雲厲害，退卻了，或是莽撞行動，而被腐蝕在血雲之中。

總之，開窗顯然行不通。

這幾天，管理部門得到情資，各樓層的壞孩子們串聯攻打四十樓以上的各大禁區，甚至企圖一舉破壞頂樓祭壇，他們似乎相信只要破壞了祭壇，就能驅散覆蓋大樓的血雲，讓曙光大樓重見天日。

我那些盡責的同仁們用上了老虎鉗、一瓶又一瓶的辣椒水和無數支彎折了的棍棒，從不同樓層的壞孩子口中都問得這樣的情報後，選擇相信這條情資，報告刑女士後，也得到了指示。

我們加大了鎮壓力度，在四十樓以上設置防禦工事和各種陷阱，刑女士打算在壞孩子展開他們口中那「讓曙光重現之戰」時，將那批壞孩子們一網打盡。

我的管理員同仁們信心滿滿，將這批煽動力、行動力最爲旺盛的壞孩子們收拾掉之後，整棟大樓的「平均乖巧指數」肯定要大幅度提高，往後的工作會輕鬆許多。

我不知道「讓曙光重現」是不是刑女士將壞孩子們一網打盡的好機會，但至少是我帶著嘉惠和小佟逃離曙光大樓的好機會。

我花了好幾天研究了當日部署，鎖定幾處通往一樓防備較爲鬆散的突破口，從中選出一處作爲目標。

倘若沒有意外的話，當壞孩子們展開行動，刑女士一聲令下，雙方開戰時，我鎖定的崗哨應當只有兩名守衛管理員，只要突破那處崗哨，就能抵達三樓交誼廳，從一條曲折但是防備疏漏的路線，直達一樓消防出口，離開大樓。

「動作快點，準備上樓了。」

管理室裡，組長拍手催促大家加快整裝速度，此時午夜十一點四十二分，距離兩點開戰時刻還有一段時間，我們必須提前進入四十樓守備據點。

我全副武裝，檢查著腰際上兩支備用甩棍、電擊棒、辣椒水和藍波刀——光憑這些東西，能夠和壞孩子們開戰嗎？當然不行——早在數個月前，管理部門就採購了一批工程用的火藥釘槍，這些火藥釘槍經過改裝之後，威力接近土製手槍，那些僅能夠從家中翻找工具材料、拼湊護甲武器的壞孩子們，自然完全不是對手。

本來這些火藥釘槍，僅有刑女士直屬的菁英隊伍才有資格裝備使用，但此時大戰在即，刑女士下令將庫存釘槍下放給更多管理員使用，提高管理員戰鬥力，我也分發到一把。

「來來來，一人一盒，還記得用法吧？用的時候注意安全喔。」組長依序分發火藥釘槍的專用火藥和鋼釘，領到彈藥的管理員紛紛外出列隊，準備上樓支援。

組長瞧瞧我，遞給我一盒火藥和一袋鋼釘，瞧瞧我的手。「手好點沒有？」

「嗯。」我點點頭，我眼前的組長，過去是個溫吞和善的好好先生、模範鄰居，升上管理組長之後，當真鐵面無私，將聲援鄰人的老婆銬下拘留室，命令其他管理員，一棒一棒地教育她，再親手將她裝箱，令我送上四十樓。

他早就下令，即便在與壞孩子對抗過程中碰上他兒子，也千萬別心軟，該怎麼辦就怎麼辦。

「呃……」我發現手中火藥盒比想像中輕，揭開來看，發現裡頭是空的，回頭向組長說：「組長，我這盒沒東西……」

「是嗎？」組長望了我手中空盒一眼，點點頭。「等等我發完其他人，再拿一盒給你。」他這麼說，繼續分發火藥。

所有人在管理室外集結，分批上樓。

「啊，發完了。」組長將那發空火藥的箱子隨手一扔，向包括我在內的最後幾個尚未領到火藥的管理員招招手。「跟我來，我拆箱新的發給你們……」

我和幾個管理員跟著組長走入管理區域深處，我漸漸感到古怪，組長帶我們走去的方向，並非通往武器儲藏室，而是拘留室。

我想開口問，耳際傳來一陣吱吱聲響，肩頭頭臉陡然感到劇烈刺痛巨麻，我全身發軟跪了下來，被身旁管理員按住了手腳，押進其中一間拘留室裡，坐上一張金屬鐵椅。

這張椅子經過改造，椅腳鎖著地板，椅臂、椅腳上造有金屬鐐銬，還有幾條綁帶，椅背上端還有一截附設固定支架的頭枕，作用是將整個人固定在椅子上動彈不得，方便後續拷問。

我對綁銬流程十分熟稔，我銬過許多人，只是我沒想到自己也有坐上這張椅子的一天。

「幹嘛？你們幹嘛？」我慌亂掙扎，但是我的同僚們熟練地將我雙手雙腳一一上銬、將我的腦袋牢牢固定在金屬頭枕上。

「天林。」組長拉了張凳子，坐在我面前。「你當內鬼多久了？」

「內鬼？我不是內鬼！」我嚇得腦袋一片空白。「組長，你們弄錯了！誤會，這是誤會……」

「不是內鬼，為什麼包庇壞孩子？」組長冷冷問，同時取出手機，對電話那端說：「帶她們進來。」

五分鐘後，小良將嘉惠押進我這間拘留室。

嘉惠一見到我，瞬間嚇得嚎啕大哭——因為在小良帶嘉惠進來的五分鐘路程裡，組長借用我的身體，向幾個管理員進行釘槍使用教學和處置內鬼示範。

我全身上下嵌著數十枚鋼釘，釘著一疊疊名片、餐巾紙、軟木杯墊、抹布……組長墊著這些東西釘我，是爲了避免火藥釘槍威力太強，鋼釘透體穿過皮肉反彈傷到同仁，所以找東西墊著；儘管如此，還是有不少鋼釘穿透抹布報紙之後，仍穿過皮肉脂肪，釘尖從體膚另一側穿出，彷彿刺蝟背刺一般。

「你把壞孩子藏在舊家？」組長拉著嚇呆了的嘉惠頭髮，將她拉到我面前。

「組長，這女人之前被我逮過，當時我交給天林哥處理，他把她裝箱運走，不是帶上四十樓，而是藏在自己家裡。」小良這麼說，指指自己鼻子。「難怪這幾天，天林哥明明沒搞女人，身上卻有女人味道。」

我無言以對，我自認平時掩飾得極好了，但小良竟用聞的，聞出我將嘉惠藏在家中，我又能怎樣？

「她不是壞孩子……」我只能這樣辯解。「她只是來找她大姊，她女兒才五歲，不能沒有媽媽……我沒有包庇壞孩子，我不是內鬼……」

「她是不是壞孩子，讓她親口告訴你。」組長微微一笑，他的笑容，和過去那好好先生一模一樣，他一面笑，一面揪著嘉惠頭髮，往一張桌上按，包括小良在內其餘管理員們，有的解自己褲頭，有的上前脫嘉惠褲子。

嘉惠自然而然地反抗起來，隨即被管理員用釘槍將她雙手釘在桌上。

嘉惠淒厲的哭嚎聲鑽進我的鼓膜、鑽進我的心臟。說也奇怪，早聽過無數次慘叫聲、求饒聲和哭嚎聲的我，目睹過比此時場面更加慘烈數倍的我，卻感到前所未有的悲愴和痛苦，只因為這次的慘叫聲是嘉惠發出的。

嘉惠在我面前被扒了個精光，幾個管理員光著屁股笑嘻嘻地在她身後排隊，過去那老好人組長，一手努力地搓揉著褲襠裡的小兄弟準備提槍上陣，一手持著手機和其他組長交換守備調度情形，稱自己管理室出了內鬼，得花點時間處理，處理完了就會快速趕去與同仁會合。

我內心痛楚的程度，超越了我身上那些鋼釘帶來的總和。

我好不容易才擁有的小小的幸福，正在我的眼前被殘忍摧殘著。

這時，管理區域警報聲刺耳響起，流著口水拷問嘉惠的管理員們紛紛停下動作、四顧張望。「怎麼了？」「發生什麼事？」

拘留室外響起一陣急促腳步聲和打鬥聲，一個管理員探頭往拘留室外瞧，腦袋磅的一聲挨了一棒，頓時癱倒在地。

拘留室門被踢開，幾個傢伙闖了進來，他們都是大樓裡的壞孩子們。

管理員們還沒來得及拉上褲子，就被殺紅了眼的壞孩子們撂倒在地，痛毆一輪。

「這些王八蛋……」兩個壞孩子圍著嘉惠，替顫抖嚎哭的她提上褲子，卻對她被釘在桌上的雙手束手無策。

一個少年模樣的壞孩子從管理員口袋裡摸出鑰匙，想替我解開手銬，但他很快注意到我身上的管理員制服，遲疑著不敢動作。

另個稍微年長的壞孩子用棍棒戳戳我肩頭，問：「你是內應？」

我一時不知該怎麼回答，但當前情況，我顯然應該附和這些壞孩子，於是我說：「對，我是站在你們這邊的。」

「暗號。」那壞孩子催促。「快，暗號！」

「暗號？」我有些困惑。「什麼暗號？」

「你不是內應？」「那你到底……」壞孩子們交頭接耳，不敢放我，也救不了嘉惠。

外頭傳來激烈聲響，有新的打鬥聲和驚呼叫嚷。

「魔鬼支援來了！」「快去幫忙！」壞孩子們提著棍棒，急急衝出房支援同伴。

「魔鬼」兩個字在我腦袋裡迴盪著，我不是不知道他們一直叫我們魔鬼，過去我一直將這兩個字當成敵人的污衊，但此時我轉頭望著被釘在桌上的嘉惠、低頭望望我手腳上的鋼釘——形容我們這些人，還有比魔鬼更貼切的字眼嗎？

被壞孩子們敲倒在地的幾個管理員漸漸醒轉，掙扎著想要起身，嘉惠害怕得激動掙扎起來，扭著脖子回頭看地上幾頭甦醒惡獸，被鎖在鐵椅上的我卻無計可施。

小良搗著頭、搖搖晃晃地站起。

嘉惠尖叫，啪嚓一聲，竟將被釘在桌上的右手抽離了桌面——原來那火藥釘槍威力極大，本便幾乎擊穿嘉惠掌肉，在管理員輪流施暴之下，一陣掙扎，將雙掌血洞都掙鬆了，嘉惠驚恐之下、咬牙用力，便硬將手抽起了。

她用右手抓著左手，將左手也抽離鋼釘。

桌面上留著兩枚沾著血肉的鋼釘。

小良見嘉惠掙脫，急著上前壓制，但他腦袋挨了壞孩子好幾棍，視線還有些朦朧，腳步也虛浮不穩，伸手要抓嘉惠卻抓了個空，整個人撲倒在嘉惠身上，將嘉惠往桌上壓。

磅的一聲炸響。

小良身子一顫，滾倒落地，太陽穴上多了個血洞——原來嘉惠驚慌之餘，摸著桌上那柄用來釘穿她雙手的火藥釘槍，對著小良腦袋開槍。

「呀——」她哭叫著，對著其餘幾個試圖掙扎起身的管理員，每人腦袋都補上好幾槍，直到打光了釘槍火藥，還對著組長不停空扣著扳機。

「嘉惠、嘉惠！冷靜……」我安撫嘉惠。「小佟呢？」

「小佟！」嘉惠聽見小佟兩個字，總算清醒些，來到我身旁，試圖替我解開手腳鐐銬，經我提醒，她才找著被壞孩子拋在地上的鑰匙，替我解開鐐銬。

我在嘉惠攙扶下搖搖晃晃往外走，沿途我不時扯著抹布角、杯墊、書頁，將釘在我身上的鋼釘拔出，由於實在太痛的緣故，我僅能拔出那些釘得淺的鋼釘……

整個管理區域騷動一片，入侵的壞孩子和四處趕來支援的管理員打起游擊，壞孩子們明顯佔了上風，守住了幾處要道，救出更多拘留室裡的夥伴。

這批入侵管理區域的壞孩子中不乏中老年人，年紀體能其實並不佔優勢，但拿著搶得的火藥釘槍、辣椒水和電擊棒，打起管理員倒是勢如破竹，我猜很大一部分原因在於這些壞孩子數個月來，一直和手持這些武器的管理員們作戰，相反地，管理員們卻是第一次遇上持有這些武器的對手，被殺個措手不及。

我指揮嘉惠前進，繞過幾處戰況激烈之處往外逃，嘉惠在小良帶著工具上十七樓破門抓她時，早一步將小佟藏在沙發底下，吩咐她別出聲。

小良帶走嘉惠之後，倘若小佟等不著媽媽外出遊蕩，那麼很可能落入其他管理員手中。

我們得盡快回去，找著小佟。

「啊！你們……」前方有個壞孩子看見我們，嚷嚷叫著，是那個剛剛撿著鑰匙，卻不敢替我解鎖的少年。

那批闖進囚禁我和嘉惠的拘留室、打倒組長、小良等管理員的壞孩子們，此時守在一間房外，那是大樓設備管理機房。

「他不是壞人，是他救了我……」嘉惠見壞孩子們對我露出敵意，連忙擋在我身前，舉起她被釘槍貫穿的雙手，指著我全身上下的鋼釘，說：「我們被那些管理員虐待……」

「你到底是不是內應？」壞孩子們嚷嚷問著，還喊了個名字，那是和我不同組別的管理員。我其實沒有見過那位同仁，但卻認得他——我和管理員同事成爲同事之前，在與壞孩子們對抗之前，大家都是鄰居，都是曙光大樓的住戶。

「過來！」有個壞孩子趕來，揪著我制服，將我拉到門前，指著裡頭一處電腦設備，問：「你知不知道控制大樓外牆清洗機電腦的密碼？」

「我不知道。」我搖頭，又問：「你們要外牆清洗機密碼幹嘛？」

「他說不知道！」那壞孩子沒有回答我的問題，轉頭對那擠在電腦設備前四個壞孩子說——那四個人中，有個傢伙我倒是認得，他是我前同事，和我在同一家公司就職，年紀小我幾歲，是公司裡的資安人員。

他看了我一眼，不曉得有沒有認出我，他大聲說：「沒差，已經破解了！」他說完，身旁幾個年輕小伙子，紛紛嚷嚷說：「通知各樓夥伴準備好，清洗機要下樓載人了！」

「等等！」我驚呼：「你們想用清洗機載人？你們不知道窗戶外面的血雲會腐蝕皮肉？」我這麼喊完，身旁幾個壞孩子卻沒露出訝異表情。

他們知道。

「你們、你們到底想做什麼……」我想追問，卻被嘉惠拉走，壞孩子們似乎不打算攔阻我們。

「你不是魔鬼的話，就上去幫我們喊更多人幫忙……」那個撿著鑰匙的壞孩子拋了盒釘槍火藥給我。「攻打頂樓祭壇，阻止末日降臨，讓曙光重現。」

「讓……」我手腳痛極，沒能接著那盒火藥，但我立時低身拾起，望著嘉惠手中那柄還抓在手上的釘槍，繼續往前，來到樓梯口，小心翼翼地往上，低聲默唸著那少年剛剛的話——

攻打頂樓祭壇，阻止末日降臨，讓曙光重現。

「他們……」我猛然醒悟。「他們知道刑女士在四十樓以上部署重兵，所以想用清洗機載人上頂樓！」我蹒跚跟著嘉惠上樓，一面搖頭，喃喃自語。「不可能……辦不到……窗戶外面那些雲跟鹽酸一樣……他們會死……」

跑在前頭的嘉惠，似乎沒聽見我自言自語，她離我越來越遠，一心只想趕緊上樓找著小佟；我只好咬牙加快腳步跟上她，我這幾天可也做過功課，將今日部署牢牢記在腦中，沒我帶路，她很可能撞上樓中守衛。

但此時部署因爲壞孩子們突襲四樓管理區域，產生了變化，我和嘉惠在十樓被兩名巡邏管理員攔下，但慶幸他們尚不了解情況，他們以爲我在追捕嘉惠，上來幫忙壓制，卻被我搶下電擊棒，將他們電倒在地。

十分鐘後，我們來到十七樓。

小佟靜靜躲在沙發底下，一動也不敢動，直到聽見嘉惠喊她，這才爬了出來，捧著嘉惠被穿透的手激動大哭。

我關上門，用最快的速度和嘉惠簡單處理彼此身上傷口，套了件新外套；指示小佟躲進事先備妥、內裡鋪著棉被、藏著小熊玩偶、挖好透氣孔的大紙箱。

然後出門，我和嘉惠在門外彼此對望，深深呼吸。

「別怕，一切按照原本的計畫行動。」我這麼對她說。是的，儘管出了點狀況，雖然她的雙手穿了洞，我的身上多了許多鋼釘，但是和原本計畫其實也差不多，或許只是把行動中會受的傷先擔了點下來。

想要毫髮無傷地從這棟末日降臨的大樓逃出，本來就是不切實際的奢望。

嘎吱嘎吱的聲響隱約響起，我從未關的門，見到家中落地窗外，有個大影浮起。

是自動外牆清洗機。

那台超載的清洗機上，擠著十餘人。

蹲擠在清洗機上的壞孩子們戴著安全帽、穿著雨衣、戴著手套，持著棍棒武器，雨衣外裹著層層鋁箔紙。

他們低著頭，身子顫抖著，一陣陣腐蝕焦煙從他們脖頸和手腕衣袖縫隙飄起。

他們顯然早已知道窗外那血雲的厲害。

和拘留室的場面比起來、和窗外壞孩子們的處境比起來，我覺得身上這些鋼釘，其實也沒什麼，對吧？

我深深吸了口氣，推著推車，帶領嘉惠下樓，腦袋裡隱隱猜測著壞孩子們的作戰計畫──他們大舉串連，準備進攻頂樓，卻在大戰開始前突襲四樓管理區域，搶得武器和清洗機控制權，他們知道血雲厲害，也知道我們知道血雲厲害，他們賭我們猜不到他們敢破窗穿血雲上樓。

我們一直用壞孩子三個字形容他們，似乎太輕敵了。

壞孩子沒有這麼勇敢、這麼視死如歸。

能夠皮皮壞壞、玩世不恭、吃喝玩樂，爲什麼要冒著被抓進拘留室殘虐的風險和刑女士作對？爲什麼要捱著被血雲腐蝕的痛楚上樓強攻母親大人的祭壇？

他們顯然不只是要壞那麼悠哉，而是在燃燒自己的生命，和魔鬼對抗。

我漸漸明白，這棟大樓分成了兩種人，一種順從了末日降臨。

一種仍誓死抵抗著。

我儘管敬佩他們，但我不覺得他們能夠成功。

太困難了。

四十樓以上的防禦工事和陷阱嚴密得有如銅牆鐵壁，即便壞孩子們企圖強穿血雲，但頂樓祭壇豈會無人防守？

這次進攻，像是一趟沒有歸路的赴死之旅。

我帶著嘉惠下樓，尖銳的警報聲在大樓廊道激烈穿梭，整棟大樓像是被擾亂的蟻窩般漸漸騷動起來，住戶們開門向外探頭探腦，有些不明白發生了什麼事，有些則嚷嚷叫喊起來：「那些傢伙真的幹啦，他們攻頂樓啦！」

有些住戶抄出家中掃把、廚具，準備支援壞孩子，也有住戶自稱刑女士親衛隊，和站在壞孩子那邊的住戶對峙叫囂起來。

「管理員大人！」有個支持刑女士的住戶，和兩個聲援壞孩子的鄰居吵出了火氣，恰巧瞥見我外套底下的制服領子，遠遠地喊我：「這些人和壞孩子勾結，快把他們抓回四樓拘留室全關起來！」

「……」我還沒來得及回應那人，其他住戶激動反問：「被抓進拘留室的人，沒有一個活著回來，你希望我們死？」

那人理直氣壯地答：「跟壞孩子勾結、對母親大人不敬，根本死有餘辜……」

我急急往樓下奔，沒能聽見爭辯的後續。

我和嘉惠終於抵達一樓，一樓外的紅雲稀薄，儘管腥臭，倒是不會燒人，我們奔出曙光大樓，向外跑了好一陣，聽見一聲爆炸，回頭，見到曙光大樓樓頂燃燒起火，血雲不再包裹大樓，漸漸向四周散開。

「他們成功了！」我不敢置信，且感到欣喜，卻聽見嘉惠害怕尖叫，我循著嘉惠目光方向望去，只見到前方不遠處，也有一棟紅色高樓。

除此之外，四面八方，還有許多棟覆蓋著厚薄不一的血雲的大樓。

同時，自曙光大樓散開的血雲並未消散，而是向四面鋪蓋下來，我和嘉惠手忙腳亂地拆開紙箱，抱出小佟，在逐漸蓋下的血霧中奔跑著。

跑了好久，好久好久。

05 這次換我了

距離讓曙光重現那日，已過了一年。

半年前，我和嘉惠簡單地登記，成爲對方的配偶。

儘管我倆新工作待遇不是特別優渥，但一家三口，倒也過得去。

我望著窗外一日紅過一日的天空，和嘉惠已經取得了共識。

在逃出曙光大樓之後，我們發現了兩個驚人的事實——

一、曙光大樓只是被神祕血雲籠罩住的其中一棟大樓，整座城市裡，超過三分之二的樓宇外都蓋上了血雲，血雲的範圍持續擴大。

二、曙光大樓裡的刑女士其實不姓刑，一棟棟被血雲籠罩的樓宇中，都有一個刑女士或是刑先生，統治著那棟公寓樓房。

我們挑選的新家，距離血雲範圍有段距離，但它逼近的速度，遠超出我們的想像。

我居住的這排老公寓，三週前某個清晨，也被血雲裹住。一樓那位和善可親的老里長，在公寓騎樓醒目處張貼了應徵海報，開出了優渥薪資，大舉招募管理員。

老里長還替自己改了個姓——刑。

我和嘉惠相擁對泣一夜，達成了共識，這次我們不會逃了，因為無處可逃。

門鈴叮咚兩聲，指節叩門三聲，像是暗號。

我開門，是樓上樓下幾個鄰居，我邀他們在這時上我家開會。

「你真的打算這樣做？」「沒有別的辦法了？」「不再觀察一段時間嗎？」有些鄰居面露遲疑。

「越快越好。」我對他們說：「我曾經從一棟被血雲裏住將近一年的大樓逃出來，拖得越久，住戶越不像人……」

「我們衝上頂樓之後要做什麼？」有住戶這麼問。

幾天前，刑老里長帶著不知哪兒招來的人，強佔了公寓頂樓某戶，且發布公告，將整排公寓頂樓都劃為禁區，且舉辦了說明會，要求公寓住戶打包準備搬遷進他指定的住處。

有些住戶立刻出聲反對，當場挨了刑老里長新組成的管理員衛隊一頓暴揍。

住戶們報警無用，只好私下串連，討論應對之道。

「在頂樓，應該有座祭壇。」我這麼說：「想辦法，燒了它。」

「這……這樣太壞了吧……」有個鄰居膽怯地說：「刑里長說，如果我們不乖，會處罰我們……」

我望著他，將我擔任管理員那段時間的所見所聞簡單說了一遍，途中客氣請走了幾個不停擔心被公寓管理員發現自己正在做壞事的鄰居，留下幾個似乎較認同我的鄰居。

「他們只是試著在被魔爪捏爛之前，盡力反抗而已。」我對鄰居們描述在曙光重現之戰那時，我透過窗，見到那群搭乘清洗機，全身冒著燒灼焦煙的壞孩子們緩緩上升的情景。

我捲起袖子，露出雙臂上被鋼釘穿扎的痕跡。

我不願再一次等死，也不願再一次腐化如鬼，我只好選擇當壞孩子。

這一次，換我來炸刑老里長的祭壇了。

《零時頻道 詭語怪談7》完

後記

〈零時頻道〉是我二〇〇五年時出版的第一本口袋書故事，是我第一部驚悚、恐怖類型的短篇作品，可以算是「詭語怪談」系列的起點。

那時我窩在深坑老家，花了兩日左右，完成了三萬字左右的初稿，後續又花了一夜，增添一萬字。（最初這支口袋書系列規劃爲每本三萬字左右，當時出版社考量印刷成本差異不大，建議作者增加至四萬字，後來又增加爲五萬字。）也就是說，〈零時頻道〉全篇四萬字，我差不多只花了三天左右完成，這應該是我所有小說中，寫作最快的一篇作品了。

經過十幾年，我每每回顧過去作品時，除了對於當初行文上的生澀感到害羞之外，也會對當時一些點子和靈感點頭讚賞。有時讀者會問我書中靈感來源，其實我也不知道，靈感這東西其實很難具體描述它出現的時機，有時可能聽了首歌、看了電影、吃了頓飯、逛了某條神祕小巷子，甚至是作了場夢，就這麼零零碎碎地蹦進了我的腦中，等我將之撿拾稍加拼湊，存放在記事本中，後續澆水灌溉施肥等待繼續成長，然後取出使用。

自然，社會時事也是一種靈感來源，有時我會對自身所處環境的未來發展和變化感到憂心；倘若說〈惡魔神像〉，是十幾年前我的憂心抒發，那麼〈末日大樓〉，就是現在的我對於未來變化的恐懼吶喊。

人性的波動幅度，遠遠超出承平時代的我們的想像。人性能凶如厲鬼，也能美如仙神；過去幾千年來，人類在動盪戰亂的環境中，寫出一部部暴虐殘殺的恐怖故事，和一篇篇捨己助人的美麗詩歌。

在末日降臨之際，我們能否努力堅守著生而爲人的良心底線？

我衷心希望，不論是〈惡魔神像〉還是〈末日大樓〉，它們永遠都是不會實現的故事。

星子

2020.01.01 於台北市區某旅館

國家圖書館出版品預行編目資料

零時頻道 / 星子 著.——初版.——
臺北市：蓋亞文化，2020.03
面； 公分.——（星子故事書房；TS018）（詭語怪談系列）
ISBN 978-986-319-472-9（平裝）

863.57 109002042

星子故事書房TS018

零時頻道 詭語怪談系列

作　　者 星子（teensy）
封面裝幀 莊謹銘
責任編輯 盧琬萱
主　　編 黃致雲
總 編 輯 沈育如
發 行 人 陳常智
出 版 社 蓋亞文化有限公司
地址：台北市103大同區承德路二段75巷35號1樓
電話：02-2558-5438　傳眞：02-2558-5439
電子信箱：gaea@gaeabooks.com.tw
投稿信箱：editor@gaeabooks.com.tw
郵撥帳號 19769541　戶名：蓋亞文化有限公司
法律顧問 宇達經貿法律事務所
總 經 銷 聯合發行股份有限公司
地址：新北市新店區寶橋路二三五巷六弄六號二樓
電話：02-2917-8022　傳眞：02-2915-6275
港澳地區 一代匯集
地址：九龍旺角塘尾道64號龍駒企業大廈10樓B&D室
電話：+852-2783-8102　傳眞：+852-2396-0050
初版一刷 2020年3月
定　　價 新台幣 220 元
Published and printed in Taiwan

ISBN 978-986-319-472-9

Gaea

GAEA